野人

手斧男孩²
領帶河
The River

蓋瑞・伯森 Gary Paulsen◎著
奉君山◎譯

大暴風雨
德瑞克被閃電打中，陷入昏迷
試著以木筏順流而下
往南一百哩處布朗納克交易站
速至

布萊恩．羅伯森

領帶湖
NECKTIE LAKE
NECKTIE RIVER
領帶河
LONG LAKE
長湖
BRANNOCK TRADING POST
布朗納克交易站

目錄

〔推薦序〕

學會獨立面對真實而流動的生命

陳其南（前行政院文化建設委員會主任委員、國立台北藝術大學博物館學研究所教授）

很高興看到《手斧男孩》系列小說的出版。作者蓋瑞．伯森是「美國圖書館協會最佳圖書榮譽榜」的常客；在成為一位作家之前，伯森曾歷經酒鬼、工程師、軍人、演員等教人眼花撩亂的經歷；《手斧男孩》及其衍生的系列小說，既是伯森一生際遇的結晶，也是另一段高峰的開始，值得讀者再三品嘗。

《手斧男孩》系列是以野外求生為主題的青少年小說，以文學作品的角度而言，文中豐富的生活遭遇與人生經驗，再配合作者簡潔而有趣的鋪陳，相當引人入勝。例如，我們會在文中讀到主角布萊恩是如何與一隻巨型麋鹿鬥智；如何在無數次挫敗後，「訓練自己的眼睛」，以不同角度來觀看一隻鳥、一隻兔子。一旦布萊恩試著訓練自己的雙眼來與世界相處時，我們也透過一個小男孩的雙眼，來重新認識自然——一個我們已忘記它是如此危險、精采、豐饒與詭譎的「自然」。

然而，在冒險刺激的情節背後，做為一個三年級生，請容許我在此板起臉來，談談自己對現今所謂「青少年問題」的一些看法。

青少年問題一直是台灣社會持續關注且憂心的議題，然而社會輿論往往將一連串難以解決的青少年問題（如青少年犯罪、未婚小媽媽、中輟生、抗壓性低、依賴性高……），化約為特定年代的差異性（「踏實堅毅的五年級」V.S「低抗壓的七年級」），甚至歸因於少年本質上的劣根性，而忽略社會結構上的困境所在。

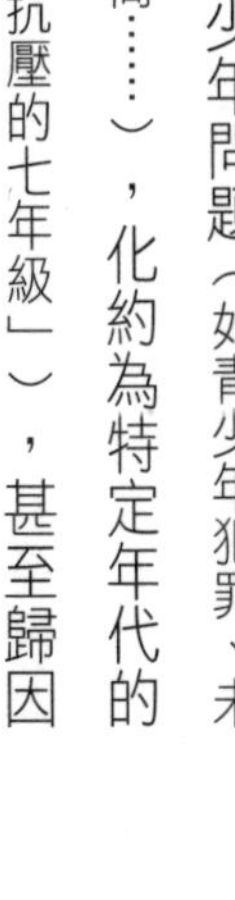

成長中的孩子需要愛、尊重與激勵。也許僅是那麼一瞬間真切而誠懇的鼓勵，他們就能找到努力存活下去的一點力量，而使得整個人生又重新開始運轉起來。

其實，現代文明社會最結構性的問題在於，人邁向社會化的過程當中，逐漸喪失在自然中產生的能力與特質；人不斷產生對生命的疏離感，而鄉愁式地將它投射在各式各樣的符號與象徵裡。

青少年自然不能免俗地會產生許許多多對自我的困惑，以及對生命的疏離。這些困惑與疏離固然可以藉助閱讀或其他溝通的方式，來汲取其他人的處理經驗，然而，問題的最後，終究得靠自己獨自去面對，他人無法越俎代庖。

以《手斧男孩》為首的系列小說，就如同其他類型的小說一般，都只不過是在「說故事」而已，無論內容再怎麼寫實，都只是文字的再現。但，或許透過作者精采的情節鋪陳與描述，能提供我們一個「獨立面對生命」的想像空間，學會如何與困惑相處，學會如何尋找問題的解決方法，並且在不斷掙扎與痛苦的求生過程當中，懂得去體驗真實而流動的生命。只是，這也都得靠我們親身實踐才行。

當然，不是每本書都得要微言大義；閱讀一本精采的小說，本身就是一件教人愉悅的事情。

在享受伯森精心調製的情節後，讀者不一定要拿著手斧到某個國家公園去學習與自然的相處之道：在這個都市叢林裡，我們可以拿著ＰＤＡ或者筆記型電腦，在某個隱蔽的新聞台或者Blog中寫著自己的冒險傳奇；就像伯森所說的：我們若能從他的作品中學得生存的膽識與勇氣，那就夠了。

I 舊夢重溫

布萊恩一打開門就愣住了。三個男人站在前廊，一身黑衣，塊頭雖大卻不臃腫，結結實實的，很有型。其中一人比另外兩人稍瘦一些。

「你是布萊恩．羅伯森？」

「嗯。」布萊恩點點頭。

比較瘦的那人笑了開來，伸出手，「我是德瑞克．侯澤。這兩位是比爾．曼納利和艾瑞克．巴拉德。方便讓我們進去嗎？」

「嗯，我媽現在不在……」布萊恩拉著門，讓他們進來。

「我們要找的是你。」德瑞克停在玄關前，另外兩人也停下腳步，「我們當然也想和你的父母談談，但我們是來找你的。」

你沒接到電話嗎？」

布萊恩搖搖頭，「沒有。嗯……我沒接到，可是我想我媽大概也沒接到，不然她會告訴我的。」

「那你父親呢？」

「他……他不住這兒。我爸媽離婚了。」

「抱歉，我不知道。」德瑞克看起來真的很不好意思。

「沒關係。」布萊恩聳聳肩。這不過是一年半以前的事，但痛楚依然清晰。他把這碼子事甩出腦海，突然間覺得自己蠢斃了：屋裡有三個陌生人，看似沒有威脅，不過世事總難預料。

「有什麼事嗎？」

「呃……如果你完全不知道的話，或許我們應該晚點再來，等你母親回來再說。」

布萊恩點點頭，「隨你嘍。嗯……如果你願意，也可以跟我說說是什麼事。」

「我得先確認一下。你是那個布萊恩嗎？在加拿大森林中，獨自熬過兩個月的布萊恩?」

「是五十四天,」布萊恩說:「不到兩個月。是呀,我是。」

「那好。」

「你是記者嗎?」布萊恩返家後,被新聞媒體追了好幾個月。甚至在電視攝影小組跟著他回到湖邊,以那段時間的生活方式做了一集特別節目之後,他們仍陰魂不散。報紙、電視、出版社,紛紛打電話到家裡、跟蹤他上學,甩都甩不掉。有人甚至付費,打算把他的臉印在T恤上,牛仔褲廠商還計畫開一條生產線——「布萊恩生存系列」。

所有這些事情都由他媽媽經手處理,他爸則透過郵件從旁協助,讓他有了一筆上大學的基金。事實上,那些錢夠他讀完大學了。後來總算風平浪靜,他也落得輕鬆。

剛開始是挺刺激的,但新鮮感一下就過了。他出名了,這沒什麼不好。但是,當人們扛著攝影機跟蹤他,想把他的生活拍成影片,事情就變得有點難以收拾。

他在學校認識了一個叫黛博拉・麥肯錫的女孩，他們一拍即合，約會了幾次。沒多久，記者連她也纏上，這就太過分了。他開始得溜後門、戴墨鏡、和黛博拉約在鳥不生蛋的地方，甚至還得鬼鬼祟祟地穿過學校大廳。當人們不再注意他，他高興都來不及。

這會兒又來了？「嗯……你是電視台的？還是哪裡來的？」

「不……」德瑞克搖搖頭，「都不是。我們是政府求生訓練學院的人。」

「教授？」

德瑞克搖搖頭，「不完全是。比爾和艾瑞克是教授，我是心理學家。我們和一些可能得面對惡劣環境的人合作，比如飛機駕駛、太空人及軍人，研究如何熬過險境，安全脫險。」

「那你們找我做什麼？」

「你猜猜看……」德瑞克微笑著說。

布萊恩搖搖頭。

「嗯，簡單說，我們希望你再做一次。」

2 「那段日子」之後

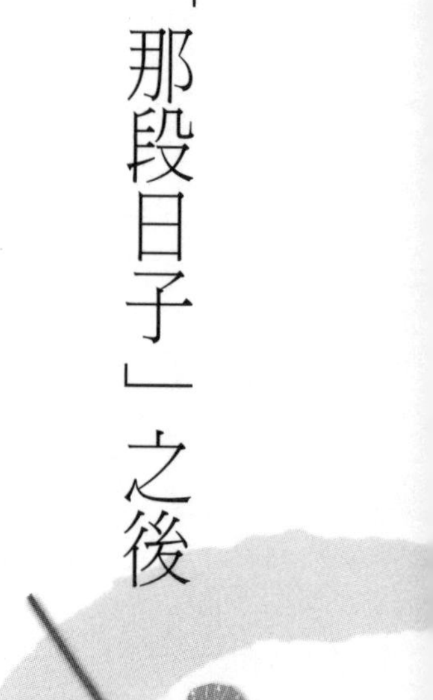

布萊恩瞪大了眼，「你們在開我玩笑？」

德瑞克搖搖頭，「絕對不是。不過我們還是等你母親回來，再跟她談好了——還有你父親。我們晚點再來。」

他轉身離去，一直保持沉默的另外兩人也跟著走到門口。

「等一下。」布萊恩叫住他們：「也許我誤會了，讓我搞清楚——你們要我回去，從頭再來一次？拎著一把手斧在樹林裡過日子？」

德瑞克點頭，「沒錯。」

「這太瘋狂了，根本就是……胡來嘛！我是說，我差點就掛了，能活下來不過是走運罷了！」

德瑞克搖搖頭，「不，不是走運。除了好運，你還有兩下子。」

布萊恩的腦海浮現出黑暗中，豪豬闖進他棲身的棚屋；丟擲手斧時，擊中岩壁產生了火花；倘若豪豬沒有闖入，或者他沒有扔手斧，又或者手斧沒有擊中那塊岩石，就不會有火花，也不會有火，他也就沒機會站在這裡和這個人說話了。「就是運氣好……」

「我再跟你解釋清楚一點。」

布萊恩等著他繼續說明。

「你所做的，正是我們教導——試著要教別人的。但事實卻是，我們都沒有實際經驗，也沒看過誰有真槍實彈的切身經驗。」德瑞克聳聳肩，「我們當然會做一些愚蠢的試驗，好比說到野外，假裝在求生存。但在我們的實驗裡，沒有人真的必須在危機四伏的狀態下求生，」他的雙眼直視布萊恩，「就像你那樣。」

叫做比爾的那個人走上前來，「我們希望你來指導我們，不是用教科書，也不是用手冊或訓練影片，而是親身示範求生是怎麼一回事。這樣我們才能更正確地教導別人。」

布萊恩噗哧笑了出來，「你是說在野外開課，讓他們看看我是怎麼做的？」

德瑞克抬起手，搖了搖頭，「不，不是那樣，是實際去做。雖然還沒完全敲定，但我們之中有一人會跟你一起去，和你一起留在那裡，依照你的方式生活，觀察你，向你學習；帶著筆記本、做筆記，記錄一切情況。我們真的很想知道你到底怎麼辦到的，想搞清楚每一個環節。」

布萊恩相信他，因為他的聲音平和而誠懇，眼神也很正直，但布萊恩仍搖了搖頭。「事情不像你想的那樣。那可不是露營。我瘦了好幾圈，不光如此，我也已經和以前不一樣了。」布萊恩心想，我已經不是以前的我了，而且永遠都不是了。當他穿越公園時，無法不觀察樹林裡是否有獵物，無法不去聽各種聲音。有時候，他希望自己不要去看、去聽周遭的一切——噪音、色彩、舉動。但他沒辦法忽視它們。他看到、聽到、聞到所有事物。

「這就是我們想知道的。」德瑞克微笑道，「聽著，先別說不。等我們回來和你母親談談，解釋清楚，你再做決定好嗎？」

布萊恩慢慢地點點頭，「好吧。只是談談，對吧？」

「只是談談。」

三人離開後，布萊恩看了看掛在玄關的時鐘。媽媽還要一個鐘頭才會到家。他有些書要念，已經五月底，就要期末考了。但他決定下廚做晚餐。

他熱愛下廚。

這是離開森林以後，他的改變之一。他稱森林裡的那段時間為「那段日子」。

就這樣，「那段日子」。當他平靜地向黛博拉訴說這件事，試著告訴她所有的一切，包括想要了結自己的那一刻，他總是從「那段日子」這幾個字眼開始。

已經過了一年了，周遭的一切沒什麼變化。媽媽還是和那個男人碰面，但不那麼頻繁了。布萊恩心想，他們兩人也許已經淡了。離婚已成定局，而且就是如此了。「那段日子」過後，他去探望父親，發現他已愛上了另一個女人，而且準備娶她。

一切如常運轉。

但布萊恩已經澈底改變了。

改變之一是：他現在熱愛下廚。所有關於食物、準備食物、觀察食物，都很有意思，相較於他在森林裡所擁有的，一切都如此豐盛。他喜歡拿取食物、處理食物、烹調食物、盛裝食物，並享用食物；細嚼慢嚥，仔細品嘗食物，並端詳別人進食。有時候，他只是坐著看媽媽吃他煮的東西。有一回，媽媽叉子上的一塊煎牛肉正要送進嘴裡，但她實在覺得很困擾，於是抬頭看著布萊恩：

「你到底在幹麼？」

「我在看妳吃東西啊！」布萊恩說：「這可是件大事呀。即使只是看著別人吃，也是件大事……」

「你……還好嗎？」她問道。當然，他並不好，或者應該說他從來都沒有好過。但他點頭微笑：

「好啊，我很好……」

他其實無法告訴她哪裡不好，或者有沒有什麼不好。他無法和別人真正去談這些事，因為沒有人明白他的意思。

獲救返家之初，父母堅持要他去接受心理諮商。為了遷就他們，他也去了，但其實並沒有什麼幫助。諮商師認為，他受到某種心理創傷，受了傷害，但事實卻幾乎恰恰相反！布萊恩試著告訴諮商師，他擁有的比過去更多，而不是更少。不只是長大了些，不僅從十四歲變成十五歲，甚至更多。但諮商師不懂，無法理解，因為他不曾和布萊恩一起在森林裡度過那段日子——「那段日子」。

「我發現了火。」布萊恩告訴諮商師。

「嗯，是啊，可是現在你回來了……」

布萊恩打斷了他：「不，你不懂。我確確實實發現了火，就像千百萬年前某個男人或女人所做的那樣。我發現火一直藏在岩石中，它就在那裡等我。就算我們有火柴或打火機，就算世上其他地方生火都很容易，都無所謂。我的確而且著實發現了火！那是件了不得的大事，非常了不得……」

諮商師坐在他的對面，微笑並點點頭，試著想瞭解布萊恩所說的。但時空迴異，他無法理解。

這也成為布萊恩面對這起事件的方式。自從在森林裡重生後，當他面對周遭嶄新的世界時，他必須處處迴避、時時壓抑。說真話時，沒有人相信他，而當他沉默不語——他發現自己愈來愈常沉默了——別人又以為他生病了。

怎麼做都不對。

他從冰箱拿出了兩塊豬肋排，放進微波爐解凍；然後找出食譜，翻到烤豬肋排那頁。

剛回到家的時候，他發現自己很想大吃一頓。他會買個漢堡來吃，再喝杯奶昔，然後馬上又想再來一份。但這種情況只持續了一小段時間。他的胃已經縮小，過多的食物讓他感到身體遲鈍，覺得有點不對勁，於是不再暴飲暴食。

但他還是從食物中得到很大的樂趣，現在他從容地準備烤肋排，並在其中自得其樂。

他切掉肥肉，灑上麵包粉，預熱烤箱，再把肋排放進平底玻璃鍋。烤著肋排時，布萊恩又看了一下時鐘，媽媽應該半個鐘頭內會回來，她一向很準時。接著，他在盤子裡放上兩個馬鈴薯，送進微波爐，準備等她回來再烤。幾分鐘就烤好了，在那個人回來之前，他們就可以享用。

3 心底的聲音

「真是美味極了！」他媽媽從桌邊往後靠，邊微笑著說道，「一如往常。」

布萊恩點點頭，「我加快手腳弄好的。」

他們收拾了餐桌。布萊恩回來後，母子兩人變得異常親密。關於離婚，以及那男人的種種事情，曾經困擾著布萊恩。但是，在森林裡與死亡如此靠近，讓他明白了關於自己，以及其他人的一些事；他知道了自己不總是對的，事實上，往往是不對的。同時他也發現，其他人也不總是錯的。

他學會接受，接受他的媽媽、他的處境、他的生活，以及所有的一切。因為接受了，他發覺自己很佩服她。

她試著走出自己的一條路，在房地產公司上班，推銷房屋，

這可是很艱苦的工作。

「我們得談談。」布萊恩把餐盤放進洗碗機。有盤子呢，光是有盤子、鍋子、煎鍋、爐子烹煮食物，就讓他倍感驚奇了。「有人要來找妳談談。」

「誰呀？」

他跟媽媽說了德瑞克和其他兩人的來意。

「那是他們說的。他們來路不明呀，我們應該報警。」

布萊恩聳聳肩，「隨妳了。我剛開始也有點擔心，可是他們很安分，看起來沒什麼問題，所以我請他們晚點再來。」

她想了一下，點點頭，「等他們來了再說吧，看狀況決定。」

好像商量好了似的，這時門鈴響起。她走到門口，布萊恩跟著過去。

德瑞克獨自站在階梯上，往後退開，讓他們可以從窺視孔先看個清楚。

她打開門。

「妳好，我是德瑞克．侯澤……」

「我兒子跟我提過你了。不是還有兩個人嗎？」

「我們覺得一個人來，比較沒有壓迫感。他們待在汽車旅館。」

「請進吧，我們喝杯咖啡。」

德瑞克隨她進屋，在餐桌旁坐定。他向她解釋來意，也就是先前跟布萊恩所說的那些。

「我們會嚴密監控這次行動，做好所有可能的預防措施。當然，沒有妳和布萊恩父親的同意，我們不會有所行動……」德瑞克稍做總結。

布萊恩的媽媽啜了一口咖啡，慎重地把杯子放到桌上。她聲音平和，彷彿在談論天氣：「我覺得這件事非常荒謬。」

布萊恩有些同意媽媽的看法。返家後，一直有許多小鬼，以及為數不少的大人，都說他們有多想這麼做——放逐到森林，除了一把手斧外，身無長物。但是，當他們這麼說的時候，一、兩條街外就有雜貨店，他們往往還坐在沙發上，房裡點著燈，有自來水可取用；而不是坐在黑暗中，蚊子竄進鼻孔。周遭夜的聲音如此響亮，是他們無法想像的。

要回到那兒，真是太荒謬了。

然而，然而……

然而，有種微妙的興奮感，他的後頸一陣麻刺，頭髮豎起。

「我知道聽起來很怪，但布萊恩擁有獨一無二的經驗。」德瑞克小心地把杯子放到碟子上：「如果他肯幫助我們，就能拯救生命。」

「這還是太荒謬了。」布萊恩的媽媽搖搖頭，「我認為你對這項要求一點概念都沒有。你要搞清楚，布萊恩不在的那段日子，我們都以為他死了。死了！專家告訴我們，布萊恩不可能還活著。但我們等到他回來了，死裡逃生。而你現在要我這個做媽的將他送回那兒？」

德瑞克深吸了口氣，停了一會兒，然後說：「妳仍不明白嗎？這正是為什麼我們必須這麼做的原因。大家以為他死了，但他活了下來，因為他做了一些其他人做不到的事。如果他能與我們分享那些事，教導我們，親自帶我們做一次，就可能拯救其他置身相同處境的人。不只是他學到的求生技能，這些我們大都瞭解，至少教授求生的講師們知道。重要的是，他的思維、他的心路歷程、他的心智如何運作，重要的是這些。」

「我必須這麼做。」老天！布萊恩心想。那是我的聲音嗎？

兩人同時看著布萊恩，德瑞克一臉訝異，媽媽幾乎瞠目結舌：「什麼？」

布萊恩往後靠向椅背，「我知道啦，媽。可是他是對的，我……我在那兒學到了一些事，學到如何生存，我是指，如何活下去。如果這樣能夠幫助別人，我就必須這麼做。」

「這會有酬勞，」德瑞克說：「我們會跟他簽約，政府會從優獎勵他的貢獻。」

媽媽仍盯著他，但他知道，布萊恩知道，她已經明白了。他回來之後，他們更瞭解彼此了。她更像對待一個人人那樣對待布萊恩，她已經明白了。她壓抑著，擔憂掛在臉上，「你確定？百分之百確定？」

布萊恩嘆了口氣，「我必須去，如果這樣做能夠幫助別人的話。」

她咬著下唇，緩緩點頭。總之，她同意了。

「我得打給你父親，」她說：「他說不定會反對。」

但布萊恩知道，他即將出發。

4 一場遊戲之旅

要他再登上小飛機，倒是出奇容易。有段時間，布萊恩以為自己再也不會搭乘小飛機了。「那段日子」之後，他去探視爸爸，當時要上飛機真的很煎熬。可是這會兒，他一派輕鬆地登機，在機艙後部就座。一切如故，卻又好像有哪裡不同。

德瑞克進入前艙，坐在駕駛旁邊。他轉過頭，對布萊恩說：

「飛行會讓你不舒服嗎？」

布萊恩搖搖頭，看向窗外，媽媽站在休旅車旁。這是另一個小機場，但休旅車是同一輛，車身兩旁有棕色仿木側邊。看到布萊恩轉身看她時，她揮了揮手。布萊恩也揮揮手，並做出「再見」的嘴型，讓她能看見。

駕駛發動引擎，布萊恩被那轟隆聲響稍微嚇了一跳，但隨即

坐定。

他依然無法完全相信自己會這麼做，彷彿半夢半醒。距德瑞克第一次來訪，已經過了兩個星期，這段時間他們做了詳盡規畫。布萊恩進一步說服媽媽，並在電話中遊說爸爸之後，德瑞克帶著地圖和草案回來，媽媽全程參與他們的推演。

德瑞克決定了，他就是那個應該前往的人。雖然他的求生知識很淺薄，幾乎是零，但他是心理學者，而這正是他們所想要學習的面向。

他們選中的地點是位在荒野中央的一條湖泊，約在布萊恩前次墜機的那條湖東邊一百哩。布萊恩的媽媽原本希望在同一條湖進行，但德瑞克否決這個想法，因為他們希望布萊恩有全新的體驗。地圖上並未標示出這條湖，但它有一條往東南方向流去，消失在地圖邊緣的河流。

「我們千挑萬選才決定這條湖的。」德瑞克用麥克筆畫了個圈，他們坐在布萊恩家的餐廳，「這裡和你失事的那條湖有相

同的岩層，海拔林相也大致吻合。」

「救難人員離那裡多遠？」布萊恩的媽媽問道。

德瑞克微笑，「我們有無線電，倘若發生任何問題，三、四個鐘頭內就會有飛機趕到。請不必擔心。」

「沒辦法，我還是會擔心。」

她的確很擔心，布萊恩心想。他看著她，飛機朝跑道滑行。她真的很擔心。布萊恩再次看看她，她愈變愈小。他又一次被引擎開閥加速的聲響嚇到。再度驚嘆：飛機如此輕易就滑向空中，開始飛翔。

他突然一陣害怕。

他不能自已地呼吸急促，抬眼看著前面的駕駛，心想，又是這樣：一位駕駛和一個引擎，如果其中一個完蛋，他們就會墜機；如果駕駛死了，而德瑞克又不會開飛機，前面就沒有人操控了。布萊恩就得俯在駕駛身上，抓住操縱桿，努力讓腳踏到舵板……

他甩甩腦袋。放輕鬆，放輕鬆，放輕鬆。深呼吸，不要被打敗了。墜機的記憶突然掠進他的腦海，滿腦子都是那個景象：飛機穿越樹林往下墜，掉進藍綠色的水裡，死去的駕駛就在他身旁。

他深吸了一口氣，屏住，奮力甩開那些景象。返家之後，這些畫面已成為夢境。即使他去探望父親時搭過一次飛機，這些景象也都只是夢境罷了。沒有比再經歷一次墜機，再經歷一次森林裡的日子更可怕的夢魘了。

「那段日子」。

但現在不同，完全不同。布萊恩看看那個駕駛，比那時的傑克年輕多了——飛機儀表板上有一個用膠帶固定住的錄音機，他正用小型耳機聽著搖滾樂，下巴還隨音樂上下晃動。他輕鬆地飛著，全身癱在座位上，手指輕輕靠在操縱桿上。不知為何，他的坐姿和隨音樂擺動的樣子，讓布萊恩放鬆了下來。

布萊恩靠回座位，看向窗外。在機身右下方，他看到了附有

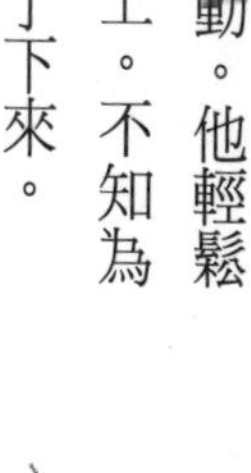

輪子的水陸兩用浮筒。他們會在湖上降落，但駕駛也能從地面起飛。

浮筒雖然很大，卻好像不太會減緩飛機的速度。直到駕駛爬升至足夠的高度為止，浮筒都掠過樹上，看起來像在減速。

從側窗向外眺望的德瑞克不發一語。布萊恩意識到，他們認識、相處了這麼久，這個人第一次沒有說話。他對布萊恩總有問不完的問題。

他讀過關於布萊恩「大冒險」（這是他說的）的每一則報導，擁有所有的新聞報導影片，似乎記得發生在布萊恩身上的每一件事。

他會這麼說：「當你吃下莓果後，過了多久開始不舒服？」

或者這麼說：「你有沒有發現上廁所的方式有什麼不同？」

布萊恩會說：「拜託，少來了。」

「真的啦！這些事情全都非常重要，可以拯救人命呀。」他的表情變得嚴肅，「這是非常、非常要緊的事。」

沒多久，布萊恩就發現，德瑞克真的很在乎這些事。一直到坐在餐廳，桌上攤滿地圖的那一刻，布萊恩都不確定自己最後是否真能成行。他說會去，也認為會去，但並不十分篤定，直到看著德瑞克的臉，發現德瑞克真的想透過向布萊恩學習，去幫助他人。

所以，他在這裡了，在往北飛行的小飛機裡。不知怎的，一切看來完全符合邏輯，毫無問題，好像重返那裡，是世界上最尋常不過的事。

布萊恩望向窗外，越過右側的浮筒向下俯瞰。他們飛了半個小時，已經在森林上空了。農場散落四處，卻在眼前漸漸減少。當他從飛機前方看去，越過螺旋槳，所見盡是無止境的森林，一路延展到地平線彼端。

隨著恐懼消散，或者說控制住，森林的部分景象吸引了他。這著實教人意外。

湖邊的那段日子讓他的想法改變了。非變不可，不然他就不

存在了。他必須重返，成為森林的一部分，成為一頭野獸。但當他回家一段時間後，覺得自己開始「再度都市化」。他又習慣了都市生活。第一次到大賣場時，周遭的喧鬧和騷動讓他不舒服，感覺暈眩。為了讓自己恢復正常，他一再回到大賣場，直到不再感到困擾為止。

於是森林不知不覺溜走了。那些夢境也愈來愈少出現，他開始不去想那些事。他沒有忘記那些事情，他知道自己永遠無法忘懷，但盡量不去想它，想起時，也不帶一絲緬懷。

他憶起了艱辛的一幕幕。

蚊子，成群如雲地囓咬著他，這些駭人、邪惡、森然大隊般的小怪物，想要吸乾他的血。

「那是什麼感覺呢？」有一天坐在廚房時，媽媽問道：「最主要的問題——最糟的部分是什麼？」

他第一個想到的就是蚊子，但才準備要回答就搖了搖頭：

「飢餓。」

「真的？」她似乎很訝異，「我以為是危險、孤獨，或者是下雨呢！」

「我所說的飢餓，不是妳想的那種。不是少吃了一餐，想多吃一點，或者是一整天沒吃東西的那種飢餓。我說的是，根本不知道自己能否再吃到東西，不知道還會不會有食物。糧食斷絕。沒得吃，沒得吃，還是沒得吃；到最後，仍然沒有東西吃，就算死了、消失了，還是沒有任何食物！我所說的飢餓，是那種飢餓！」

他的情緒爆發，讓媽媽坐回椅子上猛眨眼，但他是認真的。飢餓是最可怕的一件事，比蚊子或任何東西都可怕。

飢餓。

他再次望向窗外。下面只剩森林了，森林、湖泊，還有飛機的嗡嗡聲。氣流很不穩定，比他先前印象中的狀況更不穩定，但他不介意這些顛簸。

他們在凌晨離開紐約北部的機場跑道，爬升的高度將他們帶

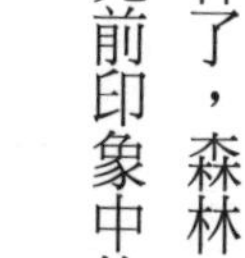

入豔陽，讓機艙暖和到燠熱的程度。

布萊恩穿了件T恤，頭上戴了一頂前面有條魚圖樣的棒球帽。他壓低帽沿，轉頭避開太陽。一轉頭，他就看見了座位後面的那些配備。

多到足以供應一小支部隊了。而這讓他有股按捺不住的無名煩躁。

就是感覺不對勁。

德瑞克和他媽媽核對過清單。幾個星期的食物、橡皮艇、急救箱、防蚊液、釣魚竿，還有一把槍。都是他們所需要的。

「只是預防緊急狀況，」德瑞克解釋：「萬一我們需要用到的話，一應俱全。」

這就是了，布萊恩心想。一應俱全，於是全部都會搞砸，讓此行毫無價值。一切都不會一樣。

他拍拍德瑞克的肩膀，這個大塊頭在座位上轉過身來。

「太多了！」布萊恩吼道，以蓋過引擎聲。

「什麼？」

「東西太多了！」布萊恩的手越過肩膀，指了指堆成小丘的裝備。

但是德瑞克會錯意，點點頭微笑道：「棒透了，不是嗎？只差一個流理台而已。」

布萊恩聳聳肩，「是呀，棒透了。」

這讓他如坐針氈。他們要做的，本該是一無所有。現在他們不過是在玩遊戲，德瑞克這麼做真的讓布萊恩大受打擊，但德瑞克的人生根本就是一場遊戲罷了。布萊恩知道，這樣判定德瑞克並不公平，畢竟他並不太瞭解德瑞克。但是，他的行為表現得就是那個樣子，好像這全是一場遊戲，而他正是那樣在談論這件事。只是一場遊戲，管它是足球還是棒球。

如果事情進行不順利，他們可以叫暫停、吃頓大餐、游個小泳，再乘橡皮艇划向夕陽，拿槍來打些好料，用無線電和別人聊聊天。

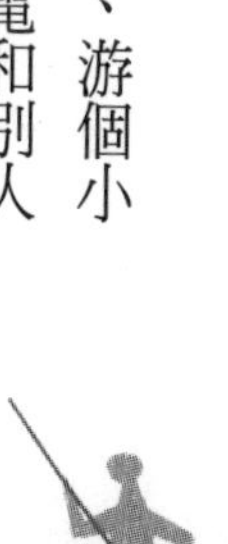

還求生咧！

真是夠了。

飛機彷彿懸掛在森林上空靜止不動，翠綠的林子如絨毯般，一層一層向外延展。布萊恩坐在那兒，似看非看地望著森林，心想這樣不對。

東西太多了。

完全走樣了。

5 重返自然

他睡著了。

難以置信，他竟然睡著了。引擎的聲響、溫暖的陽光、一成不變的綠林，全部彙集在一起，像支槌子似的擊向他。於是，他的臉靠向窗戶，睡著了。

他被低沉的引擎聲音變化吵醒。隨後，他發現自己睡覺時流了口水，很難為情。

他抹抹臉頰。

他們正要降落。

當機身朝下時，布萊恩感覺自己不由自主地一身僵硬。但飛機下降的幅度和緩，控制得當又平穩。他們還在森林上空好一段距離時，駕駛就不斷減速，放下襟翼。機身幾乎是靜止在半

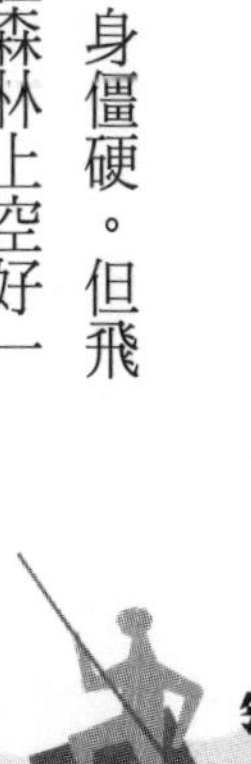

空中，然後飄向底下的湖面，往前飛去。布萊恩想起了上回小飛機「降落」在湖裡的事。

倘若他知道什麼是襟翼，或者會用它的話，就不會在接觸水面時，速度驟減了一半。要是降落平順，他或許有時間救出那位駕駛，帶走救生包。他仔細端詳眼前這位駕駛，注意他的一舉一動，這才意識到自己多麼幸運。駕駛讓飛機左右搖擺，而當他們接近湖面時，飛機看似幾乎沒有運轉。接下來，他操縱輪子和舵板，讓飛機緩慢從容地飄下。而布萊恩當時幾乎是穿越樹林，把飛機向下插進水裡的，沒掛掉真是奇蹟！

當他睡著時，他的疑惑有了解答。

非常簡單。

駕駛這會兒手忙腳亂，手握操縱桿、鬆開節流閥，準備讓飛機降落在湖面上。

但是，這時德瑞克轉過身來，衝著布萊恩笑道：「美不勝收，對吧？」

這條湖的確美不勝收。幾乎是完美的圓形，僅有稍稍突出而呈蛋形，但只有一點點而已。

湖岸下方，往東邊一小段距離，有條向東南流去的河流。地圖如此精確，真教布萊恩讚嘆不已。

他們曾在餐桌上查看地圖，讓媽媽看看他們會到哪兒。可是這會兒往下一看，這條湖就像是拿地圖當模子做出來似的。湖水的藍和地圖上水域的藍正好吻合；綠林間往東南切去的那條河，看起來也與地圖上畫的一樣，纖長又蜿蜒。

德瑞克跟駕駛說了些話，但引擎聲讓布萊恩無法聽清楚。駕駛點點頭，飛機往右偏向那條河流，和緩地落在水面上。

顯然是個無風的日子，水面平滑如鏡。布萊恩看向窗外，浮筒正要降下。他看到水中映現浮筒的倒影，影子和本體愈來愈近，直到兩者相接在一起，劃破水面的平靜。機身愈降愈低，最後慢慢得幾近靜止。

駕駛讓飛機轉向，朝一塊空地前進，右邊就是河流的出口。

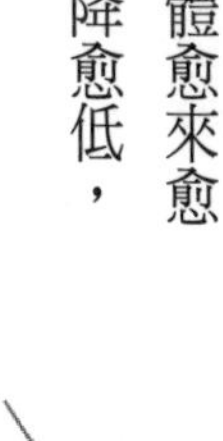

他不時推動節流閥，讓飛機藉著浮筒繼續前行，直到浮筒終於滑行過翠綠的蘆葦，撞上了河岸。

駕駛關掉引擎。

「到了，」在突如其來的靜默中，德瑞克的聲音顯得很突兀：「我們來卸下東西吧。」

他轉向布萊恩，看得出很興奮。

像個小鬼一樣，布萊恩心想。他興奮得像個小鬼似的。在這兒，我才是小鬼，卻興奮不起來。因為他還不瞭解。我瞭解，而他不瞭解。

德瑞克鑽出機身，往外爬到浮筒上，一步步踩向岸邊。他的動作有點僵硬，布萊恩注意到他的運動神經並不發達，似乎不太協調。

駕駛留在座位上。布萊恩把椅子往前推，爬到飛機外，踩著浮筒，踏上乾草地。

清爽，布萊恩心想，清爽透明。他心裡突然覺得，這是個美好的日子。太陽已過中天，爆米花似的小小雲朵橫過天空，真是個和煦的夏日午後。

剎那間，就在同一秒鐘，他變了。徹頭徹尾改變了。突然之間，他變成之前在湖邊的那個他，變成這環境的一分子，和四周融為一體。和四周融為一體，於是，任何……一件……微不足道的……事情，此刻都變得重要。

他聽到的不只是鳥兒在歌唱，不只把那當作背景音樂，而是一隻隻聽得分明；他可以分辨方位，聽出牠們棲息在哪裡，聽出警戒的叫聲。他看到的不只是雲，而是薄雲、斥候雲，還有隨之而來的烏雲。有烏雲，表示要下雨了，說不定還會颳風。這些雲打西北來，也就是快變天了。不是也許，而是確定就要下雨了。今晚，夜裡，就要下雨了。

他掃視空地，接著目光掃過空地邊緣。在這兩瞥之間，他瞭解了這塊空地和那片森林；那裡有一株殘幹，或許還有一些蛆蟲；有可以做弓的堅硬木材，可以做箭的柳木；有獸道，也許

是鹿的；再看向左邊，是另一條獸道，豪豬、浣熊、大熊、狼群、臭鼬，或者麋鹿，會從那條小徑來到空地。

他動動鼻孔，嗅了嗅空氣，把空氣吸到舌頭兩側，感受一下，但什麼都沒有，只有夏天的氣味。松木濃烈的味道、輕柔的空氣，一些腐爛的植物。沒有動物，至少，沒有新奇的。

德瑞克注意到他的這些變化，盯著他不放，「怎麼了？」

布萊恩搖搖頭，「沒什麼。」

「有，有什麼。你變了，完完全全變了一個人。」

布萊恩聳聳肩，「我只是……看一看而已，只是看看。」

「快點告訴我，」德瑞克從口袋掏出筆記本，「你看到了些什麼？」

「馬上嗎？」

「馬上。」

「我們不是要先讓駕駛離開嗎？」

德瑞克轉過身，好像初見這架飛機似的，「喔，對喔！我差點忘了！他得回去了，我們來卸下東西吧，這樣他就可以走了，然後你就能告訴我……」

「不需要卸下東西。」

「啊！」

在飛機上打瞌睡時，布萊恩已經決定了。當他睡著的時候，更加堅定了這份決心。他知道這麼做才是對的，「我們不卸下任何東西。」

「你在說什麼呀？」

布萊恩環視湖面、空地，還有雲朵。再七、八個鐘頭就要下雨了。「如果我們把這些東西都卸下來，像你說的，只差個流理台了。這麼一來，這個計畫就全完了，都糟蹋了。」

「我不明白你的意思，要是有麻煩的話怎麼辦？」

布萊恩點點頭，「就是這樣。我們是有麻煩了。整件事就是這樣。你想要學，但如果留了後路，就不過是一場遊戲罷了，一點也不真實。現實情況下你不會有那些東西的，不是嗎？」

「我們不需要用呀，我們不需要動用任何一樣東西。」

布萊恩笑了起來——些許幾近悲憫的微笑，「我向你保證，百分之百向你保證，如果那些東西在這裡，你會用，我也會用。等到第三天，當肚子開始咕嚕作響、蚊子揮之不去，又沒有任何食物，沒有帳棚，而我們知道那些東西就在那兒，就在袋子裡，我向你保證，我們會用的。我們不可能不去用的。」

盡是抬槓，布萊恩心想，拉拉雜雜個沒完，像隻八哥。我們站在這兒抬槓，而再過七、八個鐘頭就要下雨了，我們沒有遮蔽物，沒有乾木柴，也還沒生起火，就只是抬槓。「把東西都留在機上，不然我現在就坐飛機走人。我知道即將面臨的會是什麼，我不想白白浪費。」

「可是，我們對你母親說……」

布萊恩猶豫了一下，嘆口氣，「我知道，但還是要有原則。如果把東西搬下來，我就回家。一切就都結束了。有什麼事，我負責。」

德瑞克細細端詳，「你是認真的嗎？」

「當然。」

「能不能折衷一下？」

「什麼意思？」

「我們留下無線電，假如有麻煩——嚴重麻煩的話，至少還能求救。」

布萊恩揉揉脖子，思索著。這倒不一樣，即使無線電會破壞這件事，但他跟媽媽說過不用擔心。只要他堅持不用無線電，完完全全不用的話……

「好。」

德瑞克點點頭，從布萊恩身旁走過，顫巍巍地踩過浮筒，走到機身那裡。他對駕駛說了些話，駕駛點點頭，透過擋風板，用詭異的眼神直盯著布萊恩看。接著，他笑了開來，隔著塑膠擋風板揮揮手；布萊恩點點頭，也向他揮了揮手。

德瑞克帶著無線電回到岸上，附有防水袋及全新的鎳電池。

他還帶了一個小型的塑膠公事包。

「這是我的報告要用的。」他說：「我必須要記筆記，要寫些東西。」

布萊恩點頭竊笑。德瑞克的話聽來就像布萊恩在對爸媽說明想要去做什麼事情的時候，苦苦哀求的樣子：「這是我的報告要用的……」

對布萊恩來說，這感覺真是詭異，和一個大人的角色對調。這個大人聽命於他，在目前的情況下，這的確是最好的選擇。但他有點不開心，因為得指揮一個成年人，其實不管誰指揮誰都是一樣。

飛機要返航了。它轉向蘆葦叢，駕駛打開窗戶，請他們協助飛機迴轉，讓它滑行起飛。

德瑞克和布萊恩導引機身後退、迴轉，並踏入水中推動浮筒。布萊恩覺得水溫溫的，湖岸溫熱。一切就位妥當後，駕駛發動了引擎。

他滑行而去，沒有回頭。一擺脫蘆葦叢，他即刻加速，飛機呼嘯越過湖面。

飛機彈了一次，又一次，然後就升空了。高高升起，越過湖泊對岸的樹林，接著繞一個圈，迴向他們上方。他們注視著飛機，駕駛搖擺一下機翼，飛走了。

走了。

「好啦，」德瑞克說：「沒人會來打擾啦。」

布萊恩點點頭，看著飛機離去，有種詭異的失落感。一種空虛的感覺。

「接下來呢？」德瑞克問道：「我們怎麼展開行動？」

布萊恩看著他。遊戲，不過是一場遊戲。「火，我們需要火，還要找個棲身之處，馬上就要。」

德瑞克望著他，眼裡帶著疑惑。

布萊恩看看天空，「現在是溫暖的午後，可是到了傍晚，蚊子就會來襲。我們要用煙驅散牠們，直到凌晨氣溫下降，這些

蚊子才會停止騷擾。我們還需要搭個棚屋，因為差不多六個半鐘頭後，就要下雨了。」

「六個半鐘頭？」

「是啊。你聞不出來嗎？」

德瑞克用鼻子吸了一口氣，搖搖頭，「沒有，什麼也聞不出來。」

「你會聞到的，」布萊恩說：「你會的。現在呢，就讓我們來……嗚槍起跑吧。」接著，他動身去找打火石。

6 這一切噩夢與美景

第一個晚上，布萊恩確信，自己肯定是瘋了，才會再來一趟，才會同意這麼做，也才會讓飛機把那些頂好的器材設備統統帶走。

尤其是帳棚。

布萊恩幾乎沒有留下任何求生工具。他判斷並不是每個置身險境的人，都會有一把手斧，所以，他甚至把那位「老朋友」都留在家裡了。

他和德瑞克各有一把小刀，收起來像瑞士刀的那種，只不過略大一些。他把小刀佩在腰帶上的皮鞘裡。

剩下的東西，都裝在他們的口袋裡。

還有一些零錢，以及幾張紙鈔。德瑞克帶了一把大指甲剪和

幾張信用卡，布萊恩則在皮夾裡擺了媽媽和黛博拉的照片。

「就這樣？」稍早，德瑞克在傍晚時分這麼說道。那時太陽尚未落下，但已西斜，掠過空地周圍的林木頂端。

「就這樣。」布萊恩點點頭。

「東西不是很多嘛，對嗎？」

布萊恩沒有說話。事實是，的確不多，但現在有兩個人，什麼東西都需要兩倍分量；兩倍的食物、更大的棲身處，一切都必須改變。

「那段日子」裡，布萊恩需要煩惱的，就只有他自己。但光是那樣，就已經夠糟了。

要張羅第二個人，尤其是像德瑞克這種「肉腳」，雖然沒有立刻打擊到他，但午後時分，他立刻嘗到苦頭了。

不過，一切都不打緊了。

飛機已經走了。

所有事情開始迅速崩解。

布萊恩知道，擬定想要完成的計畫是一回事，真正搞定又是另一碼事。

布萊恩找不到打火石，所以沒有火。

沒有火，就不會有煙。沒有煙，就無法抵禦蚊蟲。

黑幕剛剛降下，牠們馬上來襲，和布萊恩記憶中一樣凶惡。成群如雲，嗡嗡作響，塞滿他們的眼睛、耳朵和鼻孔。

他們搭了個簡陋的棚子。布萊恩懷念起那塊懸岩和岩後的棚屋。而眼前這個棚子，顯然遮不了雨；他們試著用半朽的老樹皮搭起簡陋的簷蓋，總算是個嘗試。

但為了防衛的緣故，蚊子一來襲，他們便鑽回棚裡。好像他們能躲掉這些小怪物似的，布萊恩心想。

「天哪，」德瑞克在黑暗中壓低聲音，在棚子後頭輕聲說道：「這真是太瘋狂了。」

他們坐著，把外套拉到頭上。因為體型的緣故，德瑞克一拉外套，就會將襯衫連帶扯起，露出腰部，讓蚊子盯上。而當他

拉下外套，又會露出脖子；一旦縮起身遮住脖子，牠們又找到他的腰。他上上下下地抽動了一會兒，像顆溜溜球似的。

「你得靜下來，」布萊恩對他說：「心要靜。有些戰鬥你是贏不了的，我想這大概就是其中之一。情況會不斷的惡化，直到過了午夜，寒意來襲時，蚊子才會停手。至少當中一大半會停手。」

這些話的確有幫助，不只安撫了德瑞克，也平撫了自己。

布萊恩打著瞌睡，聽著蚊子的嗡嗡聲。牠們在黑暗中圍著他的頭，試著找到空隙，鑽進外套裡。布萊恩心想，就是這樣，這裡的一切就是這樣。蚊子、夜晚，還有他知道就要來襲的寒意，都代表這裡的生活方式。他想應該告訴德瑞克，但還是決定不開口。

德瑞克自己會發現，要是沒有，他也要像布萊恩那樣，自己把事情弄清楚。

布萊恩離開棚屋，走到外面。雨後或許會帶來陣陣微風，這會有所幫助的。

燦亮的銀色月亮讓湖面清晰可見，一道道月光拂過平靜的水面。雖然蚊子依然糾纏不休，布萊恩仍對這美景為之驚豔。

夜的奏鳴曲，他知道那是鳥的聲音；還有掠過的蝙蝠，他還知道蝙蝠正在吃蚊子，因為生物課上讀過。於是他心想，多吃一點吧，蝙蝠們。多吃一點，盡情享用這裡的蚊子吧。

有東西游到湖面的月光裡——不是麝鼠，就是河狸——那身影順著月光的軌跡，切開一個V字，彷彿朝月亮而去，要潛進月華裡。

水面傳來聲響，他這才發現右邊有河水汩汩流出湖泊。水流不急，河面也不寬，大概四、五十呎。流動之際，這條河似乎也潛藏著能量和力道。

無論如何，美景凌駕了蚊子的肆虐。布萊恩站在那兒，從仍拉在頭上的外套中看著這片景致。德瑞克走到他身旁。

「恍如夢境，對吧？」德瑞克也看到了眼前這美景。布萊恩

很高興他不只見到糟糕的一面，同時也能看到美好的事物。

「我都忘了，」布萊恩說：「上次脫險後做過一些夢。不全是噩夢，也有美好的夢。我會夢到這個景象，多麼美，美得教人窒息。然後在房裡醒來，外面人車嘈雜，街燈明亮，我覺得很難過，很想念這一切。」

「除了蚊子之外。」

布萊恩微笑道：「是呀，除了蚊子之外。」

就在兩人談話間，溫度驟然下降，好像切掉了暖氣開關似的。仍有一些蚊子，但絕大多數已經離去了。他們依然站在月光下。

「不可思議，」德瑞克說：「都不見了。」

「你沒遇過蚊子嗎？比方說，為政府單位做求生演練課程的時候？」

德瑞克點點頭，「當然，算有吧。我不太參加那些演練，只有一次，想要看看是怎麼一回事，但幾乎什麼也沒看到。他們都會帶著帳棚、防蚊液和其他器材，就像換上空包彈一樣。」

他輕輕笑了，「我會在下次會議時更改這些，這是錯的，心理上的錯誤。你是對的，把東西全部留在飛機上，絕對是正確的。」

後來，當情勢不變，甚至不抱任何希望的時候，就是這段話，支撐著布萊恩堅持下去。

7 記錄生存之書

深夜十一點左右，開始下雨。

德瑞克開玩笑說：「你說六個半鐘頭，現在都七個鐘頭了。」

雨水打在他們身上，到處都是水。雲來得很快，彷彿瞬間遮蔽了星辰和月光。接著，門戶大開，將一切傾倒在他們身上。這不只是一場雨，而是一場狂洩直落的傾盆大雨，嘶吼怒號著幾乎要將他們壓倒在地。

他們趕緊回棚屋裡，蚊子既然少了，兩人試圖想要休息一下。但是，臨時搭建的屋頂完全無法阻擋大水。

他們立刻就浸濕了，隨即澈底濕透，一身狼狽。

他們試著轉移到湖邊茂密的柳樹和樺樹下，但那些樹也阻擋不了傾盆大雨。最後兩人只好坐下，蜷縮在柳樹下面，任由雨

水打在身上。

我總是濕淋淋的，布萊恩心想。

一直都是。

連靈魂都是。

他感覺水從背部流下。他判斷，那些水和家中廚房流理台的水龍頭流量差不多，這讓他想起了媽媽。

坐在餐桌旁。

屋頂。他都忘了屋頂可以有多大的妙用。

「簡直瘋了！」他大聲對德瑞克說，但雨勢掩蓋了他的話。於是他靠在樺樹上，閉起眼睛，接受這一切。

布萊恩心想，我在這裡，讓德瑞克看看我是怎麼做的，怎麼辦到的；為了其他人，現在，我只能接受了。

不知不覺，夜晚過去了。

黎明將至前，雨停了。雨後有一種和煦，幾乎可說是溫暖的感覺，這帶回了一些蚊子，第二回合的奮戰展開。等到太陽升

起，陽光灑滿湖面，帶來溫暖的時候，布萊恩覺得自己好像在水坑玩耍時被卡車撞到一樣。

他全身上下發疼，回頭瞧看德瑞克背靠在一棵前傾的樹邊，捲成球狀，外套還拉在頭上。布萊恩笑了。

笑聲喚醒了德瑞克，他其實也沒有熟睡。他從外套往外看：「笑什麼？」

布萊恩搖搖頭，「我想這並不好笑，不過你看起來真絕。」德瑞克呲牙裂嘴，「你該看看自己，簡直像隻落湯鼠。」

「我覺得也差不多。」

他們站起身來，布萊恩走到湖岸，把衣服、短褲脫個精光，擰乾後掛在枝上晾晒。

今天，布萊恩心想，今天我們得找到掩蔽物、打火石，生起火，再找些食物。

飢餓已經虎視眈眈了。

不是即將到來的那種飢餓，而是讓他刻骨銘心，讓他經過雜貨店和速食店時口水直流的，那種撕裂般的飢餓。

迫在眉睫了。

「我們有個問題。」德瑞克突然說道。他也走到湖岸邊，脫了衣服晾晒。

「那當然，」布萊恩說：「我們的的確確大有問題。」

「不，我不是指我們的處境。我是說，我們有個問題，在你身上的問題。」

「什麼意思？」

「你很……很安靜。我看著你觀察事物，然後思考，但並不知道你在想些什麼，也不知道你得出了什麼結論。我必須全盤瞭解，才能寫下來，告訴人們該怎麼做。」

布萊恩點點頭，「我明白了，因為前一次我是獨自在面對這些事情。」

布萊恩心想：我曾經那樣渴望著有個人可以講講話，可以分享這一切，可以聽我說話。現在有人在這裡，我倒不說話了。

「有個人在這裡陪我，挺不習慣的。」

德瑞克點點頭，「我說的就是這個。你必須告訴我每件事，鉅細靡遺，我才能寫下來。」

德瑞克走回棚屋，他把無線電和防水公事包都留在那兒了。公事包裡有幾本筆記本，每一本都裝在塑膠袋裡。德瑞克拿出其中一本，還取出一支鉛筆，開始小心翼翼地寫著。寫了幾個字後，他抬頭看看布萊恩，等待著，「好了，我準備好了。」

披露。布萊恩心想，你要如何披露？

「嗯，我現在在想，我們今天應該弄出一個棲身之所，還要生火，還要找些食物……」

聽起來好像行事曆，好像在讀電話簿似的，布萊恩心想。但德瑞克頻頻點頭，開始寫個不停。布萊恩想到，他真正想說的是什麼了。

我們應該抓起無線電，把飛機叫來，然後回家吃個漢堡，喝杯奶昔，再吃十個、八個蛋糕，來塊牛排、烤肉、豬肋排……

他搖了搖頭。

「就是現在，」德瑞克說：「你剛剛在想什麼？」

布萊恩盯著他，搖搖頭，「你不會想知道的，拉拉雜雜。」

他離開，走到陽光下。夠了，說夠了，披露夠了。像昨天那樣再來一晚上，他就要掛了。

布萊恩把衣服留在那裡繼續晾晒，但穿上球鞋，並注意到德瑞克也依樣畫葫蘆，不過，仍帶著筆記本。布萊恩沿著湖岸，向左側走去。

布萊恩心想，守則第一條：不要離開湖岸，否則會迷路。

他想起德瑞克，於是大聲念出來。

「謝謝。」德瑞克相當正經。他身穿內衣，手捧筆記，站在那兒，彷彿是從老喜劇裡走出來的人物。布萊恩板著臉，幾乎忍俊不住。「這正是我所說的披露呀！」

「我們要找打火石、掩蔽物和食物，立刻就要。尤其是食物，得不斷地尋找食物。你看，空地邊緣那裡，看到那些朽木了嗎？」

德瑞克點點頭。

「晚點兒我們可以到那兒找蛆，碰碰運氣。」

「蛆？」

「是啊。熊也吃蛆，愛得很呢。我現在吃不下去，可是差不多到第三天，如果我們沒找到別的東西，也沒有抓到魚的話，蛆看起來就挺不錯。」

「蛆？」

布萊恩微笑，「我以為你幹過求生這檔事呢。」

「喔，我們會吃蜥蜴、蛇之類的，他們都是在沙漠中進行演練。也許以後就不是了，我打算改變這一項。書上總是說有人吃螞蟻、蚱蜢，不過我從來沒吃過蛆。」

「是不必嚼啦，」布萊恩說：「嚼就未免太誇張了。才嚼一下，肥腸爛肉都跑出來了。蛆太軟，太軟了。不過你可以用葉子包住，然後一起吞下……」

「沒錯，」德瑞克點頭，記錄在筆記本裡，「就是蛆！」
布萊恩停下腳步，轉向德瑞克，「食物就是一切。」
「什麼意思？」
「就這個意思。在野外，在大自然，在這個世界上，食物就是一切。沒有食物，其他的一切，包括人類、萬事萬物，全都沒有意義。我曾經讀到過，人類的一切，從原始人時代一直到未來，所有的思考、夢想、性欲、憎惡，一切大大小小的事情，都要仰賴六吋厚的表土和雨水，我們需要它們來讓穀子生長，也就是食物。」
「聽來你好像想得很透徹了。」
「我所做的就是這樣，不斷去想食物的事。看看其他動物，鳥、魚，甚至螞蟻，都是用全部的時間在張羅食物，找東西吃。這才是大自然的真實面貌。找吃的。當你出門在外，想要生存，就要找食物。食物優先。食物，就是食物。」
他們就這樣走在陽光下。太陽升到半天高的時候，他們在灌

木叢找到一些覆盆子。灌木叢並不是很茂密，一個人或許還夠吃，兩個人就顯得量太少了。但總還有一些，於是他們穿著內衣，翻遍灌木叢，把找得到的莓果全部吃掉。

他們還找到一些野莓，布萊恩稱這種莓果為噁吐莓。布萊恩搖了搖頭，「再說吧，就算要吃這種莓果，也不能吃太多。」

布萊恩沿著湖岸前行，等待，前行，等待。終於，他明白自己在等什麼了，他是無意識地這麼做的。

他在等待幸運。

你要到處走動，隨時觀察，認真地堅持下去，直到幸運降臨。運氣不好，就撐過去；即使走運了，也得做好準備。

正午時，他們走運了。事情總是這樣，好運的降臨，是以噩運為代價。

8 打造新家園

布萊恩走向前方，來到德瑞克右側，在湖邊翻翻找找。德瑞克埋頭搜尋，遠離了湖邊。他們邊走，邊找尋更多莓果。

布萊恩曾告訴他：「別離開我的視線，別走到看不見湖的地方。還有，如果遇到熊，不要看牠的眼睛。」

「熊？」

「牠們也在找食物，和我們一樣，而且也吃莓果。我們很可能會遇到牠們。閃遠一點，不要看牠們就好了。書上說，那種動作對牠們來說是種挑釁。」

「對熊？」

布萊恩很高興他的警告收到成效，德瑞克一直保持在他的視線之內。

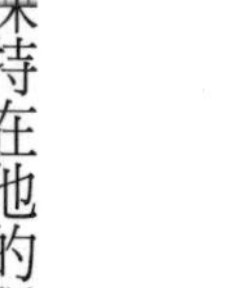

他們來到靠近湖泊北端一個地面隆起之處。因河水流速減緩，所以在湖邊沖積出一個很大的小丘。湖水冬天結凍、春天融解，每年結的冰推擠隆起的地面，把兩岸的小丘切割開來，即使經過大雨沖刷，依然涇渭分明。布萊恩可以看出昨晚那場雨的威力，小丘被沖刷的那一側，形成了類似崖壁的地形。

崖壁並不是很高，大約三十呎左右，但浸了水後，非常不穩定。大雨讓崖壁邊緣又鬆又軟。

布萊恩走近崖邊，崖下可見湖水青青，魚兒游動。這個畫面讓他察覺到，自己已經飢腸轆轆。過了一整天了。昨天飛抵這個湖之前，他們仍如常吃飽喝足，飢餓的感覺愈來愈明顯了。

布萊恩轉身看德瑞克，他正登上丘頂。「來看看這些……」

布萊恩太靠近崖壁邊緣的軟土，話還沒說完，崖岸就崩了。

他像塊鐵砧般掉了下去，手還指著那些魚。崖岸壁面中間處，有一塊混合了土壤和岩石的突起，因為是黏土和白堊揉合而成，沒被沖刷掉，仍撐在那裡。布萊恩的肚子狠狠撞上了這塊突起物。

「噓！」布萊恩聽見自己好像洩了氣的輪胎。接著，他彈到一旁，一路往下掉到地面，泥巴和岩石也隨之掉落。那是通往湖泊的一塊小礫石岸。

我動不了了，布萊恩趴倒在地上想著，再也不能動了。不一會兒，德瑞克來到旁邊，滿臉愁容，「有沒有受傷？」這還要問？布萊恩心想，摔成這樣還能毫髮無傷？

但是，他搖了搖頭，「沒有，至少我想沒有。」

他坐起身子，手撐著向下推，好讓自己站起來。這時，他注意到河岸周遭的岩塊，大部分是歷經長時間風雨磨蝕而成，光滑圓潤的粗石塊，但在岩塊中混著一些黝黑、堅硬的碎片。他摔下的地方，散布一些剛掉落、未經風化的碎片。他瞧了瞧，那些碎片是從他剛剛撞上的那片岩岸掉下的。

「你看，」布萊恩拿起其中一塊薄片狀的黑石，「我想，這或許和我用來與手斧搭配生火的石頭是同一種。」

「燧石，」德瑞克說：「我想也是。」

布萊恩抽出小刀，打開後，鎖上刀刃，然後以刀背的堅鋼敲打燧石邊緣。敲了三、四次後，終於竄出了火花。

他抬起頭，微笑著，「不會有蚊子了。」

他拿了兩塊比較大的黑岩，然後兩人動身找尋紮營的地點。還是一樣，要等好運降臨。

他們沿著湖岸，走了將近半圈，同時也邊找吃的。搜尋過湖泊北端後，他們看到滿是小堅果的矮樹叢。他知道這些是榛果，兩人停下採集，也吃了一些果腹。榛果差不多熟了，只可惜乾巴巴，樹叢裡還有一些蟲和松鼠，但他們仍找到足以解飢的分量。他們用石頭敲砸榛果，花了一個多鐘頭敲敲打打、啃食小塊核肉，嘗起來幾乎是甜的。

黃昏將近，布萊恩知道他們需要遮蔽物，還有火。在黑暗和傍晚的昆蟲大軍找上他們之前，得準備好這些東西。

隨後，他們發現了一處茂密的柳樹叢。

很久很久以前的某一天，一株巨木在狂風中倒下。那棵樹生長在一塊岩石層架起的小丘旁。當樹倒下時，連帶拔起了裏在根部的土壤，因此在岩層下方形成一個大洞。

不知道經過了多少歲月，那棵樹腐爛殆盡，蟲子叢生，洞穴滲進了土壤，發了草芽，只留下小丘旁，頂部懸著岩層的一個大凹陷。凹陷四周都長滿了大樹——高大聳立的白松木環繞，讓這裡感覺像一個寧靜的庭院。

這裡並非十全十美，比不上布萊恩在L形湖泊那個棚屋。但也夠好了，比一無所有好多了。更棒的是，岩頂旁有一小道泉水從岩石縫隙涓涓流出，一路匯進湖泊。

「我們的家。」布萊恩說。

德瑞克看了看這個凹洞，「看起來像個洞穴，要怎麼讓這裡能住人呢？」

「床鋪，還有火。你用松枝來做床鋪。」布萊恩向德瑞克示範如何切下松枝，朝下擺在地上，做成柔軟的床。「這件事交給你，我來生火。」

「我得看著你生火，」德瑞克說：「才能把它寫下來呀。」

布萊恩點點頭，動身去找生火所需要的東西。

他永遠忘不了他的第一堆火，那火焰對他意義重大，就像對遠古人類的重要性一樣。現在，他幾乎把生火當成是一種宗教體驗了。

這是急不得的，他很清楚。要火來，得它想要來，而且要為它準備好舒適的床、安穩的窩。

布萊恩在水岸附近找到一些樺樹，用指甲剝下乾樺樹皮，並撕到細如髮絲。他不斷剝撕樺樹皮，直到做出一個直徑三吋的蓬鬆樹球。

他將乾草揉碎到幾近粉末，再把粉末加入球裡。材料混合完成後，再用手指輕輕地在樹球中間弄出一個洞。

這就是火的家，布萊恩心想，是它居住的地方。

德瑞克興致昂然地看著這一切，不時在筆記本上寫東西、劃重點，點頭如搗蒜。

布萊恩把火種擺在一旁，找來一些像火柴般細小的乾松枝。他蒐集了一大堆細枝，並排列整齊備用。接著，又找來稍大的乾木柴，堆成膝蓋高的大柴堆。

布萊恩始終沉默不語，心裡只惦念著火。這時，他轉向德瑞克，「木柴永遠、永遠都不嫌多。所以，你應該隨時把一些乾木柴存放在安全的地方，火種也是……」他暫停了一下，思索著，回憶著。

「怎麼了？」德瑞克問道。

「火，是有生命的。對我們是如此重要。在原來的生活環境裡，我們無法體會這點。但上回返家後，我找書來讀，想瞭解一切都不匱乏之前，人類的生活究竟是什麼模樣。殖民時代，人們輪班守夜看守火苗。而在遠古時代，部落裡地位最崇高的，就叫守火人。」

德瑞克記下這段內容，布萊恩笑了起來。德瑞克整天帶著公事包，像個生意人一樣四處奔走，尋找莓果和堅果，看起來實在有點可笑。但他是如此專心致志，布萊恩愈來愈喜歡他了。

剛才布萊恩掉下去的時候，德瑞克跪在身邊，由衷感到憂心。

火。

光線漸弱，不久就要日落，伴隨的將是伺機而動的蚊蟲。

他和德瑞克在岩層前面做了個小火坑。接著，布萊恩把火種擺到火坑中的地上，這樣就可以往上引燃火苗。

他拿起一塊燧石，置於火種上方。

他用小刀敲打燧石，什麼也沒有。

布萊恩心想，這當然，要是事情這麼容易的話，誰都要來探險了。

他敲了一次又一次，終於冒出了火花。他深呼吸一口氣，刀背猛力往石頭搥打，一次、兩次，直到冒出的火花像小瀑布般灑落在火種上。

他迅速捧起火種，輕柔地吹在火花上，看著火花在火種上燒開了洞，愈燒愈大，由紅轉褐。終於，就在他將火種放回地上時，火生起來了，煙霧繚繞，飄進了他的眼睛。一小堆新生火焰嗶剝作響。

嗨，他心想，嗨，火焰。是火呢。

他往火裡丟了些細枝，層層交疊，直到火勢蓬勃旺盛。之後，他不斷添入更大的枝柴，塞滿火坑。於是火勢大旺，傳出清脆的燃燒聲響。

布萊恩一屁股向後坐下，笑了起來，抬頭只見德瑞克也笑開了嘴。

布萊恩用手指了指四周，「不會再有蚊子了，這些煙會把牠們熏跑。不需要太大的火，只要能熏到周邊就行了。不過，我們需要更多木柴。」

他們花了一個鐘頭蒐集柴火，並在營地旁邊囤積了一大堆柴。這段時間，德瑞克還切了松枝編製床鋪。夜深時，他們終於可以躺下休息。為了打理這個凹洞成為可以住人的居所，兩

人可是大費周章。

布萊恩到自己的位置入睡。在他打盹之前，最後聽到的是狼嗥。他聽見德瑞克爬起身。

「是狼，」布萊恩說：「很遠，只是在唱唱歌。而且，狼不會來煩你的。該回去睡了。」

德瑞克依言入睡，翻了個身，呼吸平緩。於是，布萊恩再度沉沉睡去。

9 虛幻天堂

布萊恩站在捕魚陷阱旁，搖了搖頭。

每件事都不一樣，真的。

美好的一天，午後的陽光灑在他們身上。布萊恩揣想著，問題到底出在哪裡，到底是哪裡不對勁。

已經變成一場盛大而愉快的野宿之旅了。

不妨再弄個冰箱來裝飲料和三明治吧，布萊恩心想。

他們在湖邊待了三天，卻彷彿已經過了一年。營地整理妥當，有條不紊。德瑞克以無線電通訊告訴外面的人，一切平安，並要他們轉告布萊恩的父母。要是媽媽知道器材都送回去了，肯定會擔心吧，布萊恩心想。他們也把床鋪整治了一番，用更多松枝，弄得更厚、更軟。柴火夠用上一個月，還以樺樹

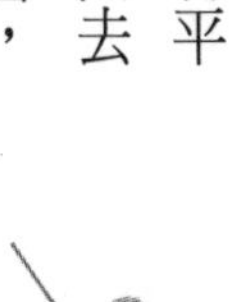

皮做了個容器，盛裝額外的榛果和莓果。

他們找到一些藍莓、覆盆子和李子。湖的這一側，樹林間比較明亮，李子、堅果和莓果似乎因光和熱而格外茂盛。

野生的李子雖然有點綠，但仍然香甜多汁到布萊恩難以置信。小小的野李就像人工栽培的一樣，還帶點獨特的風味。

布萊恩做了一把弓，從腰帶上撕下一個長條做弦，還為德瑞克示範如何射魚。接著，他示範了如何用魚的腸子當餌，引誘另一條條魚游進石頭堆就的陷阱。於是，他們的魚很快就不虞匱乏。布萊恩還找到蚌殼的窩，所以他們享用了豐盛的一餐——用火煮熟蛤蚌，還有堅果和莓果——他們感到心滿意足。

心滿意足。

此外，他們留下了許多蚌殼，陷阱裡也有很多魚，還知道好幾隻松雞的位置。這裡到處都是兔子和松鼠，只要願意，在這裡待上一、兩年都不成問題。但是，這太不對勁了。

完全不對勁。

他又搖了搖頭，回到火堆旁。德瑞克坐在靠火的床上，寫著筆記，偶爾添塊柴，維持火勢。他一抬頭，剛好瞧見布萊恩邊走進棚屋，邊搖著頭。

「怎麼了？」

布萊恩聳聳肩，「沒有啦，就是不對勁，我覺得。」

「不對勁？什麼意思？」

布萊恩環視四周，棚屋、舒適的環境、食物、營火、湖泊，「全部不對勁。我們太……太好整以暇了。這沒有意義，怎麼說呢，這一切徒勞無功！」

「我還是不太確定你的意思。我們已經做到啦。這四天來，你示範了如何帶著一把小刀在野外生活，我記了很多筆記，可以帶回去教導別人。我想你弄錯了吧。」

「事情不該是這個樣子，」布萊恩說：「不應該如此平順容易。不該只是搭機過來，在一個十全十美的湖邊安頓下來，然後想要的食物唾手可得，一切都不費工夫。這太不真實了！」

德瑞克往後靠，手枕在腦後，看著布萊恩。

「沒有任何事情讓情況變得棘手，一切順遂。但在真實情況下，在我先前面臨的情境裡，所有事情都不按牌理出牌，且每況愈下！飛機並不是安全降落地把我送到岸邊，而是墜落，還死了一個人！我也受了傷！我不知所措，還差點喪命！而現在我們卻在這裡裝模作樣。我抓到一條魚嘍！這裡有好多莓果耶！」

「緊張感，」德瑞克說：「缺乏緊張感。」

布萊恩點點頭，「或許吧，但不只如此。我不認為你能夠教導你想教授的事。」

「可是他們確實在教呀，他們在教求生呀。」

「不。我覺得他們是在告訴別人該做些什麼，或許你也可以告訴他們，我們在做什麼。但是，這並不能教他們如何生存、如何做到，不是嗎？真要教導他們怎麼做的話，得把他們一個個帶來，丟進湖裡，讓他們自己游著掙扎上岸，試著求生。一個一個輪流這麼做。」

「這是不可能的呀。」

布萊恩點點頭，「我知道。但我認為除非這麼做，否則不會有效果的。你可以講述，但無法教會。」

「緊張感，」德瑞克傾身向前，又提筆寫筆記，「需要突發狀況造成的緊張感。」

他們又安逸地過了一天。不久後，布萊恩一定會想起他們需要緊張感這段話，而且，但願自己從沒這麼想過。

10 凍結在時間的影像

布萊恩突然醒來，聆聽，嗅聞。一時之間，他搞不清楚究竟是什麼原因讓他醒轉。他們添好柴火，木材足夠燒到早上。火堆仍溫熱，紅通通地冒著些煙。沒有蚊蟲，夜裡也不太冷，沒有動物在覓食。他想不出哪裡不對勁。正要閉上眼再睡下時，他聽到了。

是遠處的雷聲，沉悶的隆隆低吼。他可以嗅聞到雨勢將近，但應該不會造成問題。暴風雨來自北北西，而他們後面有小丘掩護。洞穴面向南方，且位在小丘側邊，所以雨水應該不會侵擾到他們。事實上，傍晚才下過一場小雨，雨水並未落進棚屋，一滴也沒有。暴風把雨水吹離了洞口，他們應該能保持乾爽舒適。

布萊恩擺了幾塊木柴到火堆上，確保繼續燃燒，再加上一捧綠葉，生出煙霧，以便熏走蚊子。他確認德瑞克還睡著，便倒回床上。

暴風雨也許根本不會侵襲他們。他想到了上一次盯上自己的龍捲風，但決定不去多想。被狂暴如龍捲風的東西侵襲兩次，可能性微乎其微，何況他們也無能為力，頂多只能希望暴風雨放過他們。他想起龍捲風狂亂的嘶吼，以及帶來這狂吼的暴風雨。那聲響，和現在這個聲音不一樣。

夏日的暴雨，帶著軟綿綿的雷聲。這似乎沒什麼好擔心的，當然也不必醒來。布萊恩繼續躺下，不知不覺就輕輕入睡了。

有東西騷動不安——布萊恩夢到自己在和德瑞克講話。夢裡，他對德瑞克說，他覺得他們應該用無線電呼叫飛機過來，取消後半預定的計畫。德瑞克不停地呼叫，因為無線電似乎出了狀況。

他被爆炸聲驚醒。

那爆炸聲彷彿發自他的頭顱，從他的思緒、夢境而來。尖銳的爆裂聲讓他猛然驚醒，打了個滾。他站起身來，不假思索地跑到棚屋後，他甚至沒有意識到自己正在移動。

是雷聲。

可是，這聲音和他先前聽到的不一樣，他從來沒聽過這種雷聲。聲音環繞著他們，在他們周遭炸裂；閃電在棚屋周圍爆開，迫近到讓布萊恩以為是從自己體內發出的。

「這……」

他知道自己張著嘴巴，也發出聲響，但什麼都聽不見，只有雷擊聲砰然作響；什麼都看不見，只有雷擊迸裂的瞬間，閃光凍結的影像。

就像相機閃光燈捕捉影像般，一切彷彿凍結在時間裡，拍下、凝結。接著，又一道閃光，一切又不同了。

德瑞克在扭動。

一道閃光閃現時，德瑞克還在他的床上，但已起身。他拿來當作毯子的外套，在他起身時掉在一旁。

一片漆黑。

下一道閃光映現，德瑞克跪在地上。

一片漆黑。

他的身體前傾，伸出手要拿床邊的無線電和公事包；手指伸長，神情專注。布萊恩心想，不！別伸手！趴下來！他或許已經嘶喊了、狂叫了，但沒有用。雷聲蓋過一切。

又劈開一道雷光，爆裂聲大得難以置信，閃電幾乎是正中棚屋。布萊恩看到洞口旁的一棵松樹頂端突然炸開，雷霆就在眼前狂吼著劈上那棵樹。樹身熊熊燃燒、火花噴濺，連樹帶皮一起炸開。接著，擊中了德瑞克。

快門一閃。

某種東西，某種藍藍的熱度、閃光和野性能量，彷彿從樹上跳到公事包和無線電，然後竄進德瑞克手上。一切都在剎那間發生，閃電擊中德瑞克，他的背部拱起，猛然抽搐。雷光彷彿瀰漫了整個棚屋，也同時使勁擊中布萊恩身上。

布萊恩只見藍濛濛一片，彷彿一顆能量彈；色彩奔騰，從他的腦海、他的身體裡迸裂開來；接著，他往後飛出，倒在地上，什麼也看不到了。

II 風雨後的寧靜

眼睛張開之前，光線就穿透他的眼皮，非常明亮，但眼皮不想張開、不想看。他品嘗、嗅聞了一下，有東西燒焦了，因為有燒焦的臭味，是頭髮，燒焦的頭髮氣味。

超難聞的。

他睜大眼睛，眨了眨，逼它們開工。這時他發現自己仰躺著，眼前是石砌的洞穴頂棚。

是太陽光，燦亮的陽光。布萊恩覺得奇怪，怎麼會大白天躺在泥地上看頂棚呢？

隨後，他想起來了。

聲響、閃光，雷電，擊中炸開。他嚇壞了。起初，他搞不清楚在害怕什麼，就是嚇壞了。然後，他終於想起了德瑞克。

閃電擊中他了！

他看見了德瑞克被閃電擊中！

他翻轉過身，感覺全身僵硬，所以貼在地上。而這突如其來的動作，讓他眼前一片模糊。

就在那兒。

他看到德瑞克了，或者說，看到德瑞克的身影了。德瑞克臉朝下，趴在自己的床上，右手往外伸，左臂擺在身後。暈眩，布萊恩感到一陣暈眩且昏昏欲睡——怎麼能夠昏沉？布萊恩甩了甩頭，想要看清楚。

德瑞克還在睡。這可怪了，布萊恩心想，太陽高掛，德瑞克怎麼還在睡？多奇怪呀！他其實知道德瑞克並不是在睡覺，只是不願意想到別的情況。

理出頭緒吧，他心想著。他的腦袋和視線一樣，一片模糊，一點頭緒也沒有。德瑞克伸手要拿無線電和公事包，閃電打到棚屋旁的樹，電流從樹上順著空氣，導入德瑞克體內，然後他就倒下了……

不會吧！

他是還在睡吧！

他沒事，沒什麼事。

但是，布萊恩開始視線清楚了。他看到德瑞克側著臉躺著，面向布萊恩，眼睛沒有闔上。

德瑞克的眼睛張開著。

他動也不動地倒在地上，兩眼張開。布萊恩心想，居然可以這樣睡！布萊恩的胃糾成一團。

他知道德瑞克不是在睡覺。

他心知肚明。

「不……」

他不會是……不會是死了吧。不要是德瑞克！

最後，他接受了這一切。

布萊恩用雙手雙膝撐起身子，全身僵硬，慢慢、慢慢地爬過棚屋地面，朝德瑞克躺著的地方爬去。

這個大漢倒下來時，肚子朝地，腦袋撇向左邊。雙眼並非全開，而是微微闔起，瞳孔空洞地凝視棚屋內部，沒有焦點。

布萊恩摸摸他的臉頰。他還記得那位駕駛心臟病發時，是多麼冰冷。死人的皮膚冰冷冷的。

德瑞克的皮膚沒那麼冰，還有些溫熱。布萊恩跪在他身旁，發現他還有呼吸。

幾乎感覺不到胸腔起伏的微弱呼吸，但總是還在呼吸！空氣呼進呼出，他沒事，沒有死！布萊恩傾靠在他身上：

「德瑞克？」

沒有回應，德瑞克好像什麼也沒聽到。

「德瑞克，你聽得到我說什麼嗎？」

仍然沒有跡象，沒有動作。

布萊恩心想，他怎麼了？被擊暈？他被閃電擊中，然後躺平；我只要等待，讓他舒服些，他就會醒來？

就是這樣，只是暈過去而已。

德瑞克的頭似乎扭成不舒服的角度，於是布萊恩讓德瑞克翻過身，捲起他的外套當枕頭，擺好他的腦袋。他的脖子軟綿綿的。這時，他瞧見了公事包和無線電。

無線電。

放在公事包裡的無線電。要說什麼時候需要它的話，就是現在了。

他一把抓起，打開開關：

「凱蒂一號，這是凱蒂二號，完畢。」

這是他媽媽的名字。沒什麼意義，只是讓他媽媽參與計畫的一種方式而已。他們呼叫的時候，用她的名字通報。德瑞克示範過如何使用無線電，還有，萬一發生緊急狀況的標準程序。

就像現在。

「凱蒂一號，這是凱蒂二號，完畢。」

什麼回應也沒有。布萊恩把電流聲調小，傾聽靜電的嘶嘶

聲，但還是什麼都沒有，連一點雜音也沒有。

再一次。

「凱蒂一號，這是凱蒂二號，完畢。」

一片死寂。隨即他看見天線伸出盒子的位置旁，一小片掉了顏色的塑膠。那是燒灼的痕跡。這個無線電是針對戶外使用而設計的，非常堅固，有防水盒包裹。打開外殼，他才知道閃電擊中了無線電，還有德瑞克和他自己。

無線電背面的塑膠上，有一道扭曲的燒灼痕跡。根本不必打開盒子查看內部，就知道無線電炸了。

該怎麼辦？快想啊。他無法清楚思考。

他放下無線電，轉頭看看德瑞克。毫無起色，除了胸口隨呼吸短促起伏外，沒有任何動靜；眼睛也一如先前那樣半開著。

想啊！

有沒有什麼可以派上用場的？

閃電打中洞穴旁的樹，電流從這一側傳導下來，布萊恩看了看，松樹皮被燒灼過，從樹上爆開來。那麼電流一定是從根部疏導出去，不然就是不知怎麼地彈離這棵樹了。

不，不是那樣。他在哪裡讀過，閃電是往上打，不是往下。是從地面往上傳送。

電流是從地面，藉由德瑞克和無線電，還有他自己，通往那棵樹，然後才往上竄。只是看起來是電流往下傳，德瑞克不該伸手出去，不應該爬起來的……

他搖了搖頭。真蠢，但這些都無關緊要了。

電擊。被電擊了該做什麼？

心肺復甦術！

要讓他再度呼吸，就要為他做心肺復甦術！只是德瑞克已經有呼吸了。

心跳。他得確認一下心跳。

他把手指擺在德瑞克的手腕上，卻找不到脈搏。他檢查自己的脈搏時，同樣也找不到。於是，他把耳朵貼在德瑞克的胸口，聽到了心臟怦怦跳著。他想要計算心跳，但沒辦法對照他的電子錶，用心跳次數換算每分鐘的脈搏頻率，因為他根本無法思考！

快想啊！

閃電來了，劈中樹，然後是德瑞克、無線電、他自己。他們全被擊暈了。

這就是了，或許德瑞克只是暈了過去，過一會兒就會醒來。

但他知道這不是事實，德瑞克看起來就讓人覺得不只是暈過去而已。但布萊恩仍然希望就是如此，強烈盼望德瑞克只是暈過去，他甚至逼迫自己這麼相信。

德瑞克呼吸很平緩，雖然短促，但是平穩。心跳也很規律。

他不過是暈過去了。

布萊恩會讓他感覺舒適，然後在一旁等著，等著他醒來。

他要等下去。

12 睡人甦醒之前

那一整天，一直到夜裡，布萊恩都跪在德瑞克身旁。

一直在等待。

除了去喝點水、吃點莓果，還有上個廁所，其餘時間，他都跪在德瑞克身旁，不時為火堆添柴，讓火焰保持燃燒之外，就是一直等，一直等。

他心知肚明。

他知道，德瑞克不只是失去意識而已，德瑞克受的傷比這更嚴重。但他不知道該怎麼辦。

又或者，他其實無能為力。

無線電已經壞了。他們的行程表大約是一星期核查一次，非常寬鬆；要是有緊急狀況，他們得自行呼叫。昨天下午，德瑞克才剛做過例行確認，所以就算沒有消息，他們也不會覺得奇怪。野地小飛機總部說，他們會全天候保持無線電暢通，但不保證駕駛會隨時待命，因此即使布萊恩有無線電，也未必能立刻把他們叫來。當然，他可以呼叫任何一架飛機，回報眼前的緊急狀況。

如果他有無線電的話。

所以，他無法求救。而在德瑞克沒有回覆的這一個星期左右，他們仍不需要擔心，仍可以高枕無憂。

但德瑞克倒下了，意識不清。

昏迷不醒。

現在，那個字眼浮現。他以前曾經害怕死亡這個字眼，現在則對另一個字眼感到恐懼：昏迷。不能再這樣下去，不能再像以前那樣，他必須面對現實。他對遭到嚴重電擊以及昏迷的醫學術語，或者症狀等，幾乎一無所知；對於昏迷，也同樣毫無概念。

他在電影裡看過，有人昏迷了幾個月，甚至幾年，然後突然甦醒，不知道自己到底睡了多久。

夜裡，他在德瑞克身旁，試圖用意念喚醒他。馬上給我醒過來，問我你已經睡了多久！馬上！然後，我們說說笑笑，笑談閃電真是來得千鈞一髮。

但是，沒有用。

德瑞克沒有醒來，一絲變化也沒有。當破曉前的第一道曙光照亮湖泊西側之際，布萊恩終於接受了這一切。

德瑞克陷入昏迷，而且沒有甦醒跡象，至少短期內沒有。

這下子擔子全落到布萊恩身上，必須由他一人承擔了。瞬間，他感到一陣憤怒。

樹。

該死的樹！

上一回，他差點死掉，本來早該死掉的，不過走運罷了。這回又是如此。這一切會發生在他身上，只因為他試著做正確的事，而他原來壓根兒沒想過要這麼做。無論如何，德瑞克太蠢了，應該趴低的時候，竟還爬起來伸出手，還有……還有……還有……

給我聽好了，他心想，要是我一直叨念著這些，簡直就是在哭哭啼啼了。

是德瑞克被打中，但我卻表現得像是一團糟的那個人。

布萊恩心想，現在的情況是：德瑞克失去意識，看來像是陷入昏迷，或者說是類似昏迷。

德瑞克看起來似乎不會甦醒。

無線電不管用，布萊恩無法求救。

接下來怎麼辦？

他們還要七天、十天，才會過來查看。布萊恩和德瑞克能夠在這裡待上七天、十天，等待他們救援嗎？

他能夠不只是等待？他還有什麼選擇？

如果他留下來而德瑞克沒有恢復意識，那他可以撐多久？如果他沒有進食和飲水，他能夠活下去嗎？
電影或電視裡從來不討論這些，他們從來不談論如何處理陷入昏迷的人。也許是用軟管餵食吧？
但他無法這麼做。
他得試著把食物和水送進德瑞克的喉嚨，但如果這麼做，又可能讓德瑞克窒息而死。
所以他也不能那麼做。
「這樣一來，」對著德瑞克，但也不全然對著德瑞克，他大聲說道，「我該怎麼做？」
他幾乎一整晚都跪在德瑞克身旁，當他想要起身時，膝蓋差點就癱軟了。他滾向一旁，伸了伸腳；就在他滾到一旁時，他聞到了。
對了，我都忘記這件事了——上廁所。德瑞克當然得上廁所，他的身體機能還在運作。還在運作嗎？很顯然是有的。
這就是了。他得照顧德瑞克，無微不至地照顧。但他從來不

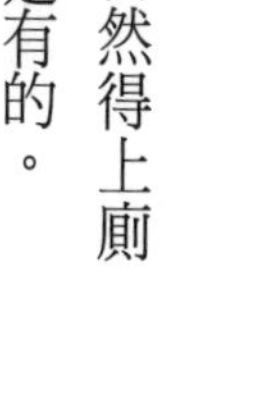

需要照顧任何人。

照顧自己是理所當然，但他從來沒有真正負責照顧他人，所以他不知該怎麼做——別人會怎麼做呢？

憤怒已經消退，然而，他為自己的無助感到無比挫折。

他必須幫德瑞克梳洗一下，照顧他，也就是照顧另一個人。他想，換個角度來看，這不是德瑞克，而是另一個人，他得替這個無助的人梳洗一下。如果這樣分開看待，或許就能做到。

總之，有這麼困難嗎？

他鬆開德瑞克的褲子，味道更加濃重。

「哦！天哪！」

布萊恩努力壓抑，竭力控制不作嘔，將德瑞克翻過身，然後屏住呼吸，用草葉將他清理乾淨。然後，幫德瑞克拉上褲子，讓他再躺回身邊。

父母都是怎麼做到的？太恐怖了，他們怎麼能辦到？他用根棍子連草一塊兒挑起那東西，帶到他們挖好當作廁所的坑裡，用沙子覆蓋。隨後跑到湖邊清洗雙手，一遍又一遍，直到將雙手湊到面前聞不到異味為止。等到雙手洗淨，他也能夠順暢呼吸、不再哽住的時候，便回到德瑞克身邊。

還要舒適——他盡可能讓德瑞克感到舒適。布萊恩把德瑞克移開，重新鋪設松枝，打理得更柔軟。

然後再將德瑞克拉上新松枝床，讓他躺好。但德瑞克發出警訊，開始窒息、呼吸不順，於是他只得讓德瑞克躺回身旁。

所以，無事可做。

沒有一件他真正可以做的事。

天已經大亮，陽光晒乾草上的雨水。溫暖的夏日清晨，鳥兒鳴囀，布萊恩眺望平靜無波的湖面，心想：美好的夏日清晨，鳥兒歌唱，湖裡魚兒縱躍，一切如此完美，除了一件事——一件如此微不足道的事。

德瑞克昏迷不醒。

13 絕望中的生機

布萊恩心想，在哪兒呢？他在哪兒聽過一些關於昏迷的事？他一定聽過，但他想不起來。不過，一定存在他的腦海、他的思緒之中，既然存在，就一定可以找出來。

一整個早上他都在努力回想關於昏迷的事，但什麼也想不起來。他想，昏迷就像睡著一樣，只不過不會醒來；一切照常運作，但無法飲水進食。

他用松樹皮圈成漏斗，從湖邊裝滿水帶到棚屋，才猛然驚覺這件事。

他們可以等上一星期、九天或十天，等到飛機前來，德瑞克或許不會有問題的。他知道有人沒食物也可以撐這麼久，德瑞克會瘦個幾圈，但不至於在這期間餓死。

但布萊恩確定，沒有水的話，德瑞克撐不了這麼久。兩天、三天，或許四天，德瑞克就會有問題。他曾聽人家說，或在書上讀到，或在電視看到：缺乏水分的話，人體撐不了那麼久。現在已經過了一天，進入第二天了。

他可以試著讓德瑞克喝水，倘若能替德瑞克補充水分，他就能堅持下去。他的呼吸仍然非常穩定，心跳頻率也算正常。布萊恩終於平靜到能夠測量心跳，並且計算出心跳頻率是每分鐘六十五次。他隱約記得，正常的心跳速度是每分鐘七十二次，雖然德瑞克的次數偏低，但身體機能總還能照常運作。

布萊恩用松樹皮做成了一支湯匙模樣的小柄，並用它從靠放在德瑞克頭部旁的漏斗裡舀了點水，倒了一滴滴到這個失去意識的人嘴裡。

結果立見，且具爆炸性。

「咳！」

德瑞克馬上噎到，在反射動作下咳了起來，且把水噴濺到布

萊恩臉上。德瑞克噎住了，布萊恩發了瘋似的，將德瑞克的頭拉轉向側邊，讓他臉朝下，然後捶打他的背部——把他知道的急救技巧全搬出來了。

好像沒救了，布萊恩嚇壞了，他殺了德瑞克。一個錯誤，只是一點點差錯，德瑞克就要窒息而死了。

終於清出了德瑞克喉嚨裡的水，咳嗽停了，但他的呼吸仍不規律。

「知道了，你沒辦法喝水，」布萊恩把德瑞克的腦袋靠回捲起的外套上，「這於事無補。」

一開始，布萊恩覺得很奇怪，雖然感覺不出德瑞克聽得到，但他還是會跟德瑞克講話。然而，他想起媽媽在報上讀到一篇報導，講述一個昏迷了數月的女孩——上帝啊，求求你，別讓德瑞克昏迷這麼久——康復之後說道，昏迷時，她可以聽見人們講話的聲音。她聽得到，也聽得懂，只是沒辦法回話。布萊恩心想，德瑞克或許也是這樣。

「德瑞克？」他貼近德瑞克的臉，「你聽得見嗎？」

沒有動靜。

「你能不能眨眨眼皮？如果你聽見的話，眨一眨眼皮吧。」

還是沒有動靜。德瑞克的眼睛半開，淚水不斷湧出，盈滿整個眼眶。這顯然是身體在努力避免眼睛乾涸，因為德瑞克無法眨眼。

布萊恩坐起身，然後站起來看著天空。我辦不到，他心想，我一個人辦不到，我就是沒辦法……

他再低頭看看德瑞克，搖搖頭，「我不知道該怎麼辦。」

隨後他意識到，他錯了，這次和上回不一樣，他不是一個人。還有德瑞克。或許對他說話，大聲跟他說話，或許會有所幫助。

「這就對了，」布萊恩又蹲了下來，抓起沙土裡的樹枝，「不可能有人來的，至少一個星期，也許更久，需要十天，才會有人來。我不認為你可以這樣撐過去……我覺得，這麼長時間沒補充水分不太好。我沒辦法讓你喝到水，我想你會窒息，所以……」

「所以，」他又說了一遍，聳聳肩，在地上畫了個大圈，「我不知道該怎麼辦。」

他忿忿地把手中的樹枝甩到地上，比自己想像的還要用力，所以樹枝彈了一下，砸到德瑞克的公事包。

布萊恩彷彿第一次看見這東西似的，危急當中，他都忘記這玩意兒了。他走向公事包，「這裡面有什麼呢？」

沒有上鎖，布萊恩鬆開提把兩端的一對滑扣。

裡面有許多捲起的筆記本。沒什麼特別，就是畫上線，以打了結的線固定邊緣的那種筆記本。每一本都有編號。

他翻開編號一的那本。

「抵達了，」他大聲念出內容：「布萊恩要求讓飛機載走所有裝備，否則這次體驗就會全搞砸。」

啊！對哦！布萊恩心想。是我造成的。天哪，是我造成的，不是嗎？我蹚了這個渾水，並攬和成這無解的困境，把事情搞成這副模樣。飛機帶走了什麼？食物、帳棚、槍，還有那些我以為我們不會需要，但會讓情況好轉的東西。

「我尊敬他的人品。」布萊恩念完第一天的內容，放下筆記本，「真的嗎？你尊敬我——這個讓我們失去所有的傢伙？」

他覺得自己好像在偷窺，所以決定不再看其他筆記本。正要闔上公事包的時候，他瞧見了皮包蓋上有一個開口，後面是一個夾袋式收納層，夾層裡頭有東西。

布萊恩從中抽出一張摺疊的紙，打開，發現那是一張地圖。他們和布萊恩的媽媽一塊兒看過的同一張地圖。他看見了湖泊，看見他們圈起、指給媽媽看的地方，標明他們會在哪兒、位置大致如何。非常容易辨識、查對與定位。

德瑞克有兩份同樣的地圖，另一份留給了布萊恩的媽媽。

「這樣妳就可以清楚知道我們在哪兒了。」

布萊恩想起了坐在那裡，媽媽微笑著，她的問題全部獲得回

應，所有疑問煙消雲散。

現在呢？看看這個樣子！

德瑞克帶著一份地圖同行，將它留在身邊；布萊恩則攬和著要送回所有東西，只留下無線電。布萊恩剛才滿懷感激地在公事包上攤開地圖時，稍微鬆了口氣，認為這會有所幫助。但這會兒，他卻搖搖頭，開始摺起地圖。就算他知道他們身在何處，又有什麼差別呢？幫不了他們的。

之後，他又看了看湖。湖泊鋪展在寬闊平坦的綠意中，周遭還散布著許多湖。

接著，他看到了那條河。

14 地圖上的答案

之前——當他們在家瀏覽地圖，還有剛降落的時候——他就注意到了。但在地圖上的大片鄉野及廣闊森林間，這條河顯得微不足道，所以他也就不當一回事。

這條河在湖泊南端開口處朝東南逶迤而去，流進下一個湖泊，然後消失不見。布萊恩當時並沒有特別留意，只注意到河的名字。

領帶河。

「這名字真有趣！」他媽媽說，德瑞克也笑了。

「還有叫作尤妮絲，或者長統襪的。這裡有許多湖泊和河流，原始地圖的作者每到一處，就杜撰一個名字。這個繪製地圖的人或許正在打領帶，心想這是個好名字。地圖上還有許多

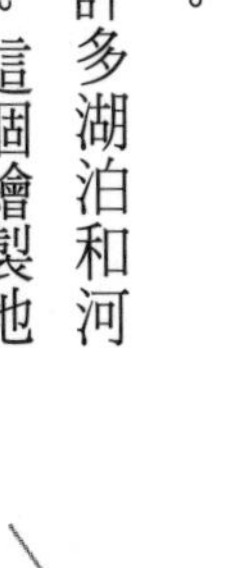

河流根本沒有命名，只標上號碼。」

布萊恩看了看，領帶河一路往南流去，也將他的視線從湖泊帶開。

這份地圖繪製在五千公尺座標方格中，每格代表五公里見方。布萊恩看見這條河在好幾個地方迴轉，幾乎就在同一個方格內切到自己。但在其他地方卻又筆直奔流了相當長的一段距離；順流而下，穿越過一些較小的湖，還有些想必是沼澤地，也流經地圖上表示密林的深綠部分。

這條河繼續南流到地圖摺起的邊緣，布萊恩展開地圖，攤平在陽光下。不知道為什麼，這條河吸引、牽引著他。

在穿越地圖第二個頁面的半途中，布萊恩看到這條河開始一路奔流，河面也變得更寬闊。於是，這條河在地圖上劃開一道不小的藍色色帶，然後回頭拐了個大彎，幾乎朝正東而去。地圖上的此處畫了個小圈，旁邊寫著：

布朗納克交易站

從布朗納克交易站，有條雙線往西南而去。布萊恩在圖例中找到那條雙線所代表的意義，那就是改良的碎石路。

那裡一定會有人。

就是這裡，地圖上的這個布朗納克交易站一定會有人。除非有人，不然他們不會鋪路、替這個地方取名字，還在地圖上標示出來。有交易站就會有人。

但這並不代表什麼，布萊恩心想。

他不在布朗納克交易站，而是在這裡。

但他無法將目光從地圖上的這個點移開。它就在那兒，就在同一張地圖上。布萊恩展開地圖，讓他們所在的湖泊和交易站同時展示出來。他以手指當作圓規，測量一下兩點之間的距離，但這也沒什麼意義。

他隨即想起每個方格代表五公里。他算了算從湖泊到交易站有多少格——一共是十六格。

「那有多遠呢？」他對著德瑞克說：「五乘十六，差不多

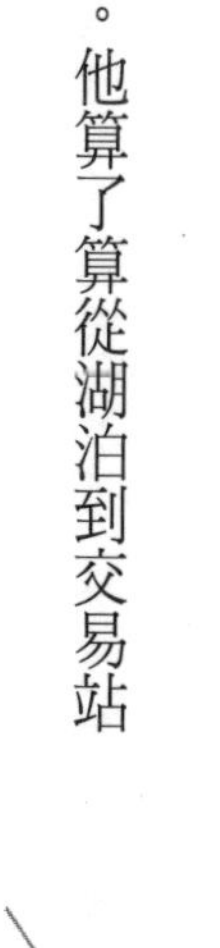

八十，算八十五公里吧。」

但那是直線距離，以往東南的直線計算。這條河左彎右拐，幾乎沒有一處接近直線。事實上，有個地方還稍稍向北，貼靠著河道迴轉呢。

他開始計算，藉由一個個方格測量河道距離。他在地上畫了一條線，每十公里做一個記號，接著再算下一個十公里。這算起來有點複雜，所以花了他不少時間，但他終於大功告成。算出來了。

「一百五十公里，」他說：「除以一．六，還不到一百哩。」

他看了看德瑞克，依然毫無動靜，一點跡象都沒有。

「不到一百哩遠的地方就有人了。」

但這有什麼幫助呢？

「這樣吧，我把你留在這裡，然後試著順流而下，帶人回來幫忙。」

這聽起來太荒謬了，他想。這裡有野獸，牠們會跑來這裡，如果他們以為德瑞克死了的話……德瑞克毫無防備，牠們可能會攻擊他，甚至把他吃了。即使只是小動物——螞蟻、蟲子也一樣。

「我不能丟下你。」

布萊恩又看了看地圖，就在這裡，答案就在這裡。布朗納克交易站就是答案，領帶河就是答案，但他不知道該怎麼做。

他不能丟下德瑞克……

他不能丟下德瑞克……

那麼，如果帶著德瑞克同行呢？

「不如我們一起離開這裡吧！」他大聲說道。

乍聽之下，似乎是瘋了。要在荒野中，藉著一條河，把一個昏迷的人運送到將近一百哩遠的地方？

你可以說這種話，布萊恩心想著，但嘴巴說和動手做，可是兩回事。

他能怎麼做？

河流。如果他有一艘船……或是木筏。

如果他打造一艘木筏，然後將德瑞克放在上面，或許就能帶著他走完全程，到交易站求援。

只是這樣想的時候，他就知道太瘋狂了。僅靠一艘木筏，要在洶湧的河流上把一個什麼都不能做，不省人事的大男人運到一百哩外？不可能！

他想放棄，然而，從地圖上移開視線，抬頭一看，馬上明白所面臨的現實：他抬眼瞧著德瑞克的眼睛半開半闔，眼神茫然；活著，卻不是真的活著。他的生命一分一秒流逝，布萊恩知道，他其實別無選擇。

如果留在這兒，兩天內德瑞克就會缺水而死，頂多三天。等駕駛來這裡探查狀況，可能過了一星期，甚或十天。

如果他留在這兒，德瑞克就死定了。

如果他完成航程，帶著德瑞克順流而下，至少還有機會。

布萊恩沒有選擇餘地。

15 命運的抉擇

現在，時間就是一切。一旦做了這個決定，時間就是最要緊的。布萊恩重新掃視了地圖一會兒，並在心裡琢磨一下，應該不會太糟才對。

不就是在河上航行一百哩嗎？

飛機降落的時候，他們曾走到湖泊的河流出口處，那時布萊恩看著河水逶迤而去。水流速度和人走路的速度差不多，大約每小時三哩吧。當然，這並不表示河水會一直保持這個流速，但也有可能一樣啊。

如果他可以就著河水，順流而下，且不翻覆的話，走完一百哩需要三十五到四十個小時。

他仔細研究地圖上的河流，注意到愈往下游，河面愈寬闊；

而有幾處流經山丘地，也就是地圖上等高線密集分布，代表陡峭小丘的地方，那也意味著，到了這裡，水流會比較湍急。

一天半的時間，布萊恩心想。然後他大聲對德瑞克說：「一天半，漫長的一天半。假使我們持續前進，順著河流不停止的話，應該可以在一天半之內抵達交易站，頂多兩天。」這比等上七、八天好多了，但他沒說出口。

比死掉來得好多了。

整段流域，有兩處滿布小水塘的地方，有可能是沼澤地。水流流經這些大小湖泊，穿過水域中央，再從另一頭流出。那會拖慢他們的速度。

布萊恩無法判斷究竟有多少這類地形，但這些區域的範圍都不大。如果他在一旁用槳撐著，應該還可以順暢通行，不致耗費太多時間。

時間。

他坐著，把地圖翻來看去研究著，但已經沒有多餘時間可以浪費了。

他必須造一艘木筏。

他再次檢視德瑞克，確認呼吸正常，心跳穩定後，他動身到湖邊，尋找木頭。

木頭不是問題，沒有工具才是問題。上回他要造一艘木筏划到機身殘骸處時，還有手斧可用，所以他現在非常想念那把手斧。自從他獲救返家後，媽媽就把那把手斧擺進客廳中保存著祖母家傳瓷器的玻璃櫃中。這回要出門前，他看了一眼手斧，但他們認為帶著一把手斧可能不切實際。

「許多人會帶著小刀之類的，」德瑞克說：「但多少人會在腰帶上佩把手斧呢？」

所以，他只帶了一把小刀成行，事實上應該是兩把，因為，德瑞克的刀子也在他手上，他卻幾乎把它們給忘了。

但就算有兩把，也不能幫他切斷樹幹。

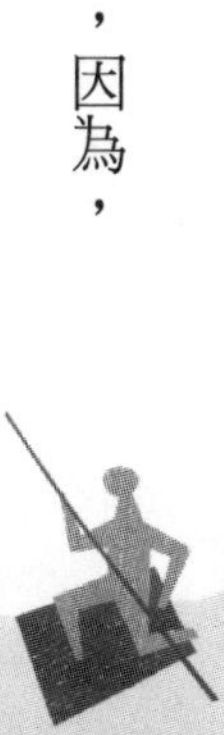

這裡到處都是木頭，長年的強烈暴風雨吹倒了許多松樹和雲杉，其中很多樹幹口徑有六到八吋，而且筆直不曲，正適合造木筏。但大部分不是太長，要不就是還連著根部，布萊恩無從下手。

布萊恩只好沿著湖畔，在岸邊來回搜尋。終於，他找到了一排河狸啃過的高大白楊樹。

他對河狸幾乎一無所知，只知道牠們生活在水裡，會囓倒樹木，而牠們在水中游泳的模樣看起來挺可愛的。他只在照片上看過牠們在陸地上的樣子，但他曾看過牠們是怎麼把樹木弄倒，這排白楊就是好例子。方圓百碼內，沒有一棵挺立的樹。殘幹四處橫陳，上面都有牙齒的印記。倒下的樹木密密交疊，看起來就像巨人在玩撿樹枝遊戲，但玩到一半就走人了。

河狸啃這片樹林好長一段時間了，或許好幾年了，牠們不只弄倒樹木——其中許多尺寸剛好造木筏——還去掉樹枝，並拖拉到通往湖邊的小徑上，其中一些樹幹被切成一段段約十呎長的枝幹，顯然是為了方便牠們移動。

看看這片傾倒的樹林，彷彿是我雇用牠們來替我切斷似的，布萊恩心想。

早在一、兩年前就倒了的老樹，已相當乾燥，所以當布萊恩把這些木頭連推帶滾地弄進湖裡，他發現它們的浮力相當好；四根並排，就可以輕鬆地載著他浮起，而當他用手將這些木頭攏在一塊兒，爬過它們匍匐上岸，雖然弄了一身濕，它們卻支撐得了他。

德瑞克雖然比他重得多，兩人加起來更重，但只要八根、十根，應該就載得動。有許多尺寸、長度都合適的木頭，他可以任意挑選。

他努力挑選了整整半個鐘頭，然後跑去看德瑞克的情況。沒什麼變化，於是布萊恩小跑步回到河狸的木場。

他挑了八根木頭，每根口徑盡量接近八吋，長約八呎。他憑感覺，盡可能找出最乾燥的木頭。他從生火學到一件事：木頭

愈乾，重量就愈輕。

他用小刀戳刺，感覺木頭鬆軟。他想，這可能意味著木頭會吸水，但隨即判斷這無所謂。要浸透八吋厚的木頭，得花上幾個星期，至少也要好幾天，他不需要使用這些木頭這麼久。

別無選擇，他想，把第一根木頭拖進了湖裡。

河狸留下平滑的拖行軌道，牠們曾從那兒將樹枝拖進湖裡。布萊恩利用其中一條主要軌跡，把木頭拉進湖中。抵達水邊的最後四呎路非常陡峭，近日的雨水更讓泥巴濕滑，木頭很容易一路栽進湖裡，布萊恩也會跟著栽進去。

他有個計畫，或者說是他即將嘗試的一個打算：光靠蠻力，他無法移動德瑞克太遠——他得搬起將近一百八十磅重的軀體，而自己不過一百四十磅重。布萊恩搬不動他，只能拖動一小段距離。

所以，他得把木筏推到棚屋正下方的德瑞克身邊。也就是說，在這裡造好木筏，再把它移到德瑞克所在的湖邊。

不到一個鐘頭，他便把所有木頭拖進水裡。當他將木頭兩端排齊，併在一起時，心情很愉快，因為這些木頭看起來已像是可堪使用的木筏了；尾端雖不太齊整，但差強人意；兩頭尖尖的是被河狸嚼出來的，這也讓木筏呈現流線型。

好像是從《哈克歷險記》裡跑出來的，布萊恩心想。

只是沒有東西把它們固定在一起。布萊恩站在水深及膝的木筏旁，思索著這個問題。

他沒有繩子，沒有絲線，但他一定得想出辦法將這些木頭聚攏成一個穩固的平台，才載得動他和德瑞克。

他有衣物。他的風衣外套和前次飛機失事求生時所穿的那件一樣。另外，還有德瑞克的外套，但布萊恩希望留下這件繼續覆蓋德瑞克。

就算把兩件外套都割成布條，可能還是不夠將所有的木頭綑綁在一起。他四下張望，打算找些藤蔓或野草來搓成繩索。

又是河狸幫了個大忙。牠們咬斷了枝幹以及樹梢的小枝條，

其中有些長五、六呎，直徑則有兩、三吋。

它們解決了布萊恩的難題。他利用這些枝椏作為橫木，一條在上，一條在下，夾住木筏將之固定。然後，從外套上割些布條，綁住兩條橫木的尾端，讓它們紮在一起，藉以牢牢固定木筏。他還用小刀在橫木上劃下一道道刻痕，以增加摩擦力，確保布條所綁的結不會鬆脫。

他把四片橫木放在木筏的長邊，盡可能緊緊綑住它們，固定起來。完成後，木筏結實到可以讓他在上面站立、跳躍，以及來回走動。

木筏大約八呎長、五呎半寬，穩當地浮在水面上，而且不到兩個鐘頭，他就大功告成了。

造木筏時，他曾回去察看了德瑞克兩次。現在完工了，他割了一支要推動木筏的長長撐竿，再用刀子刻了一個粗糙的槳。而在出發前，先回到營地。

他不餓，神經緊張到沒有食欲，但他知道，出發前應該吃點東西，不然會太虛弱。所以，他吃了些他們存放在松樹皮罐子裡的堅果和莓果，也吃掉棚屋裡所有找得到的東西，一路上他們應該用不著這些東西。吃東西的時候，他再一次仔細察看了德瑞克的狀況。

他知道，整件事如此瘋狂，成功的機率微乎其微。他很清楚，再明白不過了。若說他真的懂得如何處理緊急狀況，也就是如何求生，那就是，運氣是最大關鍵。

如果德瑞克有一絲變化，有任何一點要醒來的蛛絲馬跡，布萊恩就會抱持樂觀態度，取消這個航程。

所以，他集中精神，仔細觀察德瑞克。他檢查這個失去意識的男人的眼睛，但一無所得，只有如先前般的呆滯眼神。他再小心翼翼地測量德瑞克的呼吸和心跳，完全一樣，從剛開始留意到現在，始終沒變過。

他對著德瑞克的耳朵大喊，希望眼睛能出現些反應，但沒有絲毫跡象顯示德瑞克聽得見，或者他能回應聽見的聲音。

最後，他試著用疼痛測試反應。他以刀尖戳德瑞克的手，再觀察他的眼睛，仍然什麼反應也沒有。就算稍加用力戳出一小滴血，還是毫無回應。

除了呼吸和心跳，不見任何生命或意識的跡象。

他又等了幾分鐘，沉著、謹慎地全部重做一次測試，結果還是一樣。他必須確認，百分之百確認別無選擇了。

他別無選擇。

他站起身，眺望湖面，感覺自己異常蒼老。這是他的決定，而另一個人可能死於他這個決定。他從來不曾置身這樣的處境，他十分惶恐。雖然他曾身陷險境，雖然他曾必須為生存而奮鬥，但他的抉擇只會影響自己，不會波及別人。

而現在，德瑞克躺在那裡，布萊恩看著棚屋旁木筏所在的岸邊，開口說道：

「出發了。」聲音宛如耳語一般。

不管是對是錯，終須一搏——布萊恩別無選擇。求求你，老天爺，他心想——但沒有下文。就只是——拜託了，老天爺！

他轉身面對德瑞克，清清喉嚨後，清晰而宏亮地再說一次：

「出發了！」

16 希望啟航

卻發現，啟航竟是難上加難。

布萊恩把公事包拎上木筏，並決定帶武器隨行。他留下弓，但帶了自己所做的兩支魚叉。其中一支是用小樹枝撐開兩股尖端的雙叉魚叉，這是向德瑞克示範，要抓小魚，可以用弓，也可以用魚叉。另一支是用火強化過尖端的直叉，如有必要，可以用它來對付麋鹿。

「牠真的攻擊你嗎？」當布萊恩講起在L形湖泊周圍求生的日子，以及被麋鹿攻擊時，德瑞克不可置信地問道：「真的發生在你身上？」

「還歷歷在目呢，」布萊恩說：「我什麼也不能做，牠猛衝過來，把我撞倒在水裡，直到我裝死才罷休。下回遇上，我就

要迎頭反擊了。」

所以，他做了這支魚叉，但希望永遠都不需要用到它。

把兩支魚叉和公事包放上木筏後，他回到營地。

還有德瑞克。他才是造這艘木筏的真正原因。他必須讓德瑞克躺到木筏上，不能讓他受傷，更重要的是，不能讓他溺水。

布萊恩讓德瑞克翻身趴在他背上，然後從肩膀下方抓著他，使力要將他拉到岸邊。

德瑞克動也不動。

布萊恩拚命拉，而這個人就是躺著不動。布萊恩查看了一下他的鞋子是不是被火堆旁的樹根絆住，或者卡在灌木叢裡，但都沒有。

搬動一具——他幾乎要想成是一具遺體了——一個人，應該不會這麼難，只不過就是躺著的一個人罷了。應該很容易滑到岸邊才對。

最後，布萊恩終於讓他滑動了，一次大概滑行三吋左右。他

氣喘吁吁地顛簸前進，好不容易把德瑞克拉到岸邊，讓他面湖側躺著。

岸邊有一小塊突起，距離水面約有六吋的落差。這段湖岸很淺，水的深度不足以讓木筏浮起來，所以布萊恩必須從側邊將木筏拉進來靠近德瑞克，而就在他的下方，木筏擱淺在底部的泥地裡。

他跪在木筏旁的水裡。開始造木筏後，他就浸濕了，而且是注定要一路濕到……濕到他們抵達為止。他並不奢望有別的可能性。

他一屁股把木筏壓進河岸，伸長手將德瑞克拉上木筏。還是一樣，好像在搬鉛塊。德瑞克彷佛被拴在地上似的，布萊恩必須勉強先拉一邊，再拉另一邊，在德瑞克的手臂和腳踝間來來回回，直到他終於上了木筏。德瑞克的體重一壓，木筏隨即陷進泥巴裡，定住不動了。

一開始，布萊恩讓德瑞克平躺在木筏中央，想到他可能會嗆到，所以決定讓他側躺。木筏中間的橫木剛好卡在德瑞克臀部上方的柔軟處，讓他可以保持在原位，但布萊恩覺得這樣還不夠。他從外套上撕下更多布條，做成一條捆繩，從木筏一端，拉過德瑞克肩膀，綁到另一端，就這樣把他固定在木筏上。

綁好德瑞克後，布萊恩捲起德瑞克的外套當枕頭，塞到德瑞克的腦袋下方。

他再次確認了德瑞克的呼吸和心跳——他驚覺，他幾乎是不假思索地在做這件事。才過幾個鐘頭，不過一天半而已，他已經自動反應了。

「德瑞克，我不知道你能不能聽見，」他站在擱淺的木筏旁，對德瑞克說：「我還是要跟你說，我們將要搭這艘木筏，順著這流曳而去的河流而下，不到一百哩就會到達交易站了。情況是這樣的，我們不能待在這裡，因為……，因為留在這裡沒有用。而且擊中你的那道閃電弄壞了無線電，所以我們沒辦法求救。我們勢在必行，我們勢在必行……」他搖搖頭，哽咽

著，發現自己幾乎在哭泣。「就是這樣啦，我們就是非這麼做不可。我希望會成功。」

他開始將木筏從泥巴裡拖出來，讓它自由漂浮之際，他想到了一件事。

如果他們無預警地來了，怎麼辦？

如果他們發現德瑞克和布萊恩不見了，他們會一頭霧水。

他必須留張字條。

他打開德瑞克的公事包，拿出鉛筆和筆記本，用又粗又大的字體寫道：

大暴風雨
德瑞克被閃電擊中，陷入昏迷
試著以木筏順流而下
往南一百哩處布朗納克交易站
速至

布萊恩．羅伯森

他讀了一遍字條，然後附上日期和時間。他把無線電機組留在營地，因為覺得這東西會礙手礙腳。他跑回棚屋，發現無線電就在它的塑膠套裡；摺好字條後，將之放進套子裡，並讓它稍稍露出來。接著，他用無線電背帶將套子綁在頂棚上，確保任何進入洞穴的人都能看到。

回到木筏之後，他發現德瑞克的重量將木筏牢牢地往下壓，很難鬆開。

他前後推拉，推出這頭，再推另一側，終於讓木筏脫離泥沼，雖然還只是漂在一呎深一點的水裡。

「真是個測試的好地方。」布萊恩說。只有德瑞克在上面，木筏似乎顯得很平穩，布萊恩小心翼翼地把膝蓋靠在德瑞克腿部的這一端。

這端往下沉了幾吋，但仍然穩當地浮在水面上。他抬起膝

蓋，前後搖晃，木筏如果開始翻覆，他隨時準備跳船。木筏上下晃動後回復水平，很快就從擺盪中平穩下來，平坦的底部輕輕拍打著湖水。

「這都能航向大海了。」他爬下木筏，再檢視一下德瑞克。德瑞克躺在原地，木頭間激起一些水花，濺濕了他的肩膀，但他的頭因墊著外套枕頭，所以依然乾爽。

布萊恩看了看太陽。

正是午後時分，再過五、六個小時，夜幕才會降臨。這其實也無關緊要，一旦啟程了，他們就得不斷前進，可以的話，夜裡也不停歇。

河流是從湖泊南端流出，所以還有大半哩路要航行。他不想讓木筏橫越湖泊，而是想推著木筏沿湖的邊緣淺灘前進。於是，他開始順著岸邊前進。

木筏順利前行，閃電襲擊後，布萊恩第一次感受到一絲絲正面情緒。

木筏似乎非常合用。天氣也很穩定，他們還有張地圖。
最重要的，德瑞克還活著。
他們勢在必得。

17 背「水」一戰

他們的好運止步了。

河流在湖泊出口處的柔軟湖底，鑿開了一道較深的溝漕。布萊恩花了半個鐘頭，才將木筏推到湖的南側。到了河流出口左岸，他停留了片刻。

最後一次考慮。他還有機會回頭，沿著湖岸搬回木筏簡單多了，也許還能把德瑞克拖回棚屋，雖然這肯定是大工程。然而一旦踏上河流之旅，順流而下，他就無法回頭了。

但是，他只猶豫片刻。已經做了選擇，他搖了搖頭。

箭在弦上。

他爬到木筏上，像先前那樣跪在德瑞克腳邊，以撐竿將木筏推離湖岸，進入水流之中。

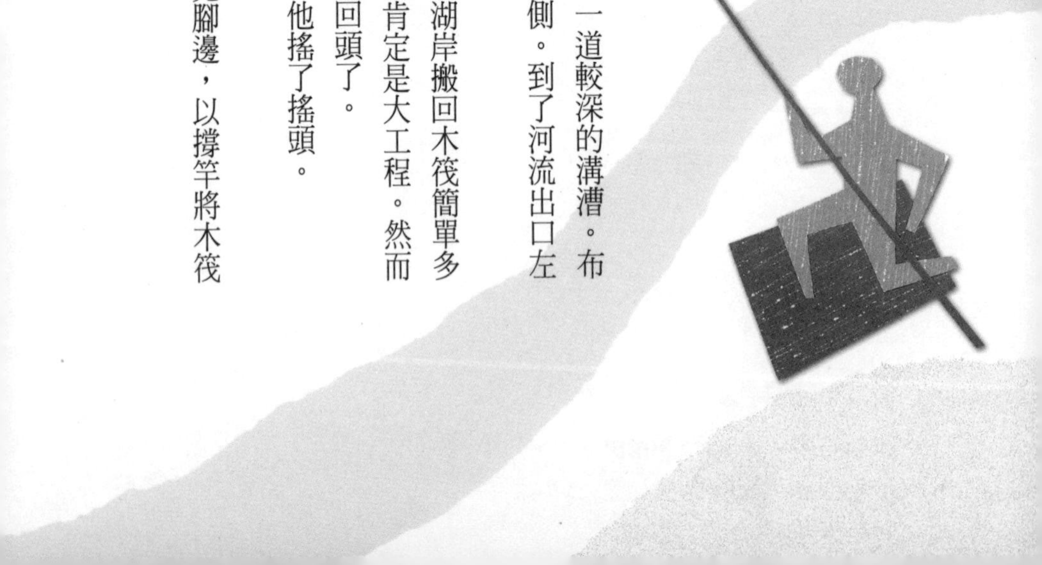

離開湖泊後的這條河，寬約六、七十呎，兩側的水流似乎稍緩一些。木筏捲入水流，打起轉來。所以，木筏雖朝下游而去，卻是沿著河邊衝撞河岸，從懸掛著的柳梢與灌木叢下穿行而過。

河床深約四、五呎，布萊恩用撐竿斜斜地將木筏推行到中央。木筏猶疑不定，彷彿暫停下來想要找尋水流；奔流的水帶動了木頭，木筏開始移動。

在三十呎左右的河中央，木筏和著水流前行。而當木筏靜靜地順流而下，兩岸從布萊恩眼前滑逝。

「我們上路了，」他對德瑞克說：「成功了，我們上路了。」

河水平順地流動了一百碼，接著急轉向左，繞過一個小丘，就在此處，布萊恩猛然發現，木筏和船是不一樣的。

水流不湍急，和他之前猜想的一樣，大約就是人步行的速度，但水流平穩而有力。木頭很重，所以一旦朝某個方向前

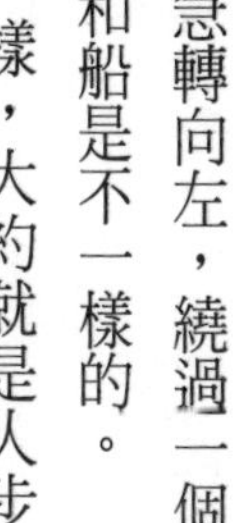

進，就很難轉向了。

眼睜睜看著彎道外側的河岸直衝而來，布萊恩心想，木筏卻無法轉彎。

河道左彎，木筏卻直直前行，直切過彎道，於是狠狠撞上了河岸。

雖然流速很慢，但猛然停止的衝擊讓木筏擺盪搖晃，德瑞克在綁著的繩索內滾來滾去，還差點掉進河裡。

木筏突然傾斜，滑向一側，衝撞河岸。布萊恩撲身向前，覆在德瑞克身上，穩定住他；木筏卡在河岸的沙土和樹叢之間。

才前進了一百碼，他們就停下來了。

布萊恩跳進及腰的水中，斜斜地推動木筏，讓它滑下岸去，回到水流中。然後，他爬上木筏，才坐定半分鐘，河道又向右彎，木筏撞上左側河岸。

這次是五十碼。才一百五十碼，他們就卡住兩次。

布萊恩誓言：「我一定要改善這狀況，不然我們就要在這河上一個月了。」

他再次把木筏推回河中央，開始前進。

這一次，當他們遇到河道彎口，木筏開始直行，布萊恩就等到木筏靠近岸邊時，將撐竿插入河床，避開河岸。

他們仍在彎道處拐了一大圈，但沒有再撞上河岸。到了第十五個彎道時，他已經知道該如何運用那根粗陋的槳，操控木筏了。

他緊貼著彎道內側河岸，等木筏繞過彎道，再操槳調過船尾，對準河中央行進，努力維持在中間位置。

他們還是無法一直保持在河中央水流最穩定的地方。但經過一下午的折騰，布萊恩發現，越過每道彎口時，他可藉由奮力划槳，讓木筏維持接近河水流速的狀態，就可以避開岸邊灌木叢或擱淺的狀況。

這招管用，不過，不只彎道不斷，隨時還會流經小沼澤，以及從懸在岸上、密如叢林的樹下通過，所以布萊恩必須持續與

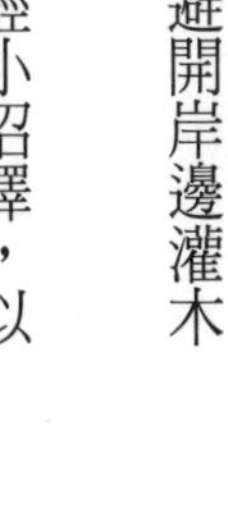

木筏搏鬥。

不到三個小時，布萊恩就覺得背部和手臂發疼，也知道，要是現在不停下來稍作休息，他不可能走得下去。

他決定每個鐘頭休息十分鐘。德瑞克曾經告訴他，部隊長途行軍時就是這麼做，每小時休息十分鐘。第四個小時尚未結束，他已經迫不及待要休息了。有時候休息時間的那段航程，剛好行經筆直河道，他就不會浪費任何時間。而當他往後靠著，讓手臂和背部好好休息時，木筏仍不斷前進。

他掬水潑灑在臉上，揉揉頸後。當他們走出岸邊樹叢所造成的陰影時，陽光正好打在他身上，傍晚的太陽依舊灼人，因此冰涼的河水讓他神清氣爽。

「來瞧瞧我們的進度。」布萊恩打開公事包，拿出地圖。這條河畫得很精確——或者說看起來似乎很精確——就他所能認出的最近一處來看，他們大約前進了八哩。

沒有他想像的那麼順利。四小時走八哩，等於一個小時兩哩，也就是說，全程要五十個鐘頭。

需要整整兩天，再加上先前他們花在下定決心及準備動身的時間，德瑞克會四天沒有喝水。

他看看這個失去意識的軀體，發現太陽晒傷了德瑞克暴露在外的脖子。

就算德瑞克不能喝水，布萊恩還是可以讓他涼快點。這或許會好一點。

於是，布萊恩脫掉T恤，把它泡在水裡當作毛巾，當他休息時，就沾些冷水，抹抹德瑞克的臉和脖子。

這個嚴苛的考驗讓他感到不可思議，懷疑這件事怎麼可能會發生。一切來得如此迅速，而且千變萬化。德瑞克曾經是那麼——不，布萊恩心想——德瑞克仍舊是那麼……生氣勃勃。他求知若渴，快樂而開朗。

他看起來堅不可摧呀。

即使是現在，黃昏的光線下，側躺在木筏上的他，胸口隨呼吸起伏，看上去，好像隨時會醒來似的。

驟然逝去——布萊恩想到了這個。他曾讀過一本關於美國內戰的歷史書，作者寫到人類「因戰火驟然逝去」。

這就是現在布萊恩所看到的德瑞克——驟然逝去。這怎麼可能呢？

而他，跟德瑞克沒什麼兩樣，在同一時間，置身同樣的處境，但他一切安好，德瑞克卻驟然逝去。

他為德瑞克擦了幾次臉。這段期間木筏持續前行，而當休息結束時，他看到他們即將進入另一個彎道。

他套上濕淋淋的T恤，拾起船槳，開始划槳調整木筏尾端，讓木筏維持在水流中央。

差不多再一個鐘頭就天黑了，但布萊恩認為無所謂。他的手被粗糙的木頭船槳磨得又紅又腫，但他也覺得無所謂。

現在最重要的是，持續前進。

18 黎明前的黑暗

啟航後的第一個晚上，布萊恩又多瞭解了自己一些。

自己並不完全是善良的。

除了跪在德瑞克身旁打打盹外，他一直都沒睡，為了張羅木筏，準備出發，賣力工作了一整天。所以當太陽沉落，黑暗籠罩，他無法置信自己居然這麼想睡。

一輪銀色彎月照亮了整條河，至少讓主要河道清晰可見。可是，月光幫不上忙。

布萊恩每次一闔上眼睛，就睜開得愈緩慢，每一次都得卯足勁才能張開眼睛。

有段時間，蚊子幫了忙。在阻擋牠們的傍晚涼意來臨之前，蚊子伴隨黑幕，成群現身。布萊恩努力揮趕自己和德瑞克臉上

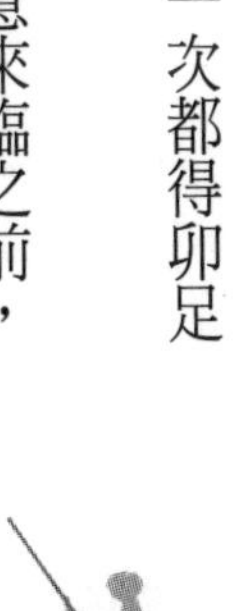

的蚊子，但就像在揮散煙霧一樣。他的手才剛揮走牠們，牠們隨即又在黑暗中嗡嗡作響。沒多久，布萊恩就任牠們嚙咬，只管搖槳去了。

船槳搖動之間，睡意來襲，讓他停了下來，手臂垂下，而船槳就靜止不動地躺在他的大腿上。隨後，他會甩甩頭，從睡意中掙扎出來，再次划動木槳，勉強來得及轉過彎，至少剛開始都是如此。過了半夜，沒有蚊蟲再來打擾，他闔上眼睛，不再張開。

夢境混雜交錯。

媽媽出現在他面前，坐在木筏另一端。

「沒關係，」她說：「現在你可以放下了，沒關係的。」

她的聲音如此輕柔、溫和且撫慰人心；他想要放下一切，不想待在這裡，甚至不待在這個夢裡。

他不確定睡了多久，醒來時，木筏正在一大片平緩的水面上漂流，上下晃動著。

一點都不像是這條河。

暈黃月光下，他看不到河岸，不知道該往哪個方向前進。

「但是……」他大聲說道。他的聲音驚擾了一些動物，在他右側，一聲巨響。

他想，是隻大型動物，或許是麋鹿吧。那意味著，那裡一定有河岸，動物才能在岸邊奔跑——接近了。

運用思維，運用邏輯。好好想一想！

河水緩緩向東南流去，一定是河面加寬，流進湖裡了。

月亮。

他睡著的時候，月亮在頭頂上方。

現在，月亮稍稍斜掛在右側。

落向西方，就像太陽東升西落一樣。

月亮約在半天高的地方，和濺起水聲的動物同一個方向。

這麼說來……

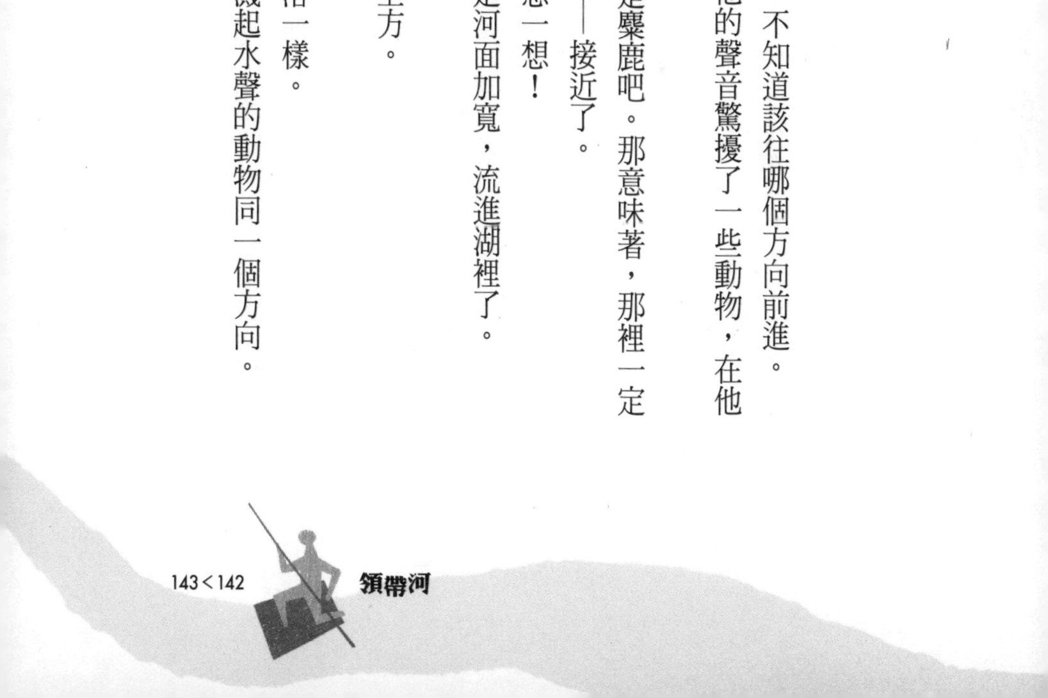

布萊恩潑了把水到臉上。

這麼說來，河道變寬的河流流進了湖裡，而他是沿著西岸前進的。如果他繼續划槳讓木筏前進，應該就會到達河道再次變窄的地方，搭上水流。

他開始划槳，但沒有像樣的水流了，木筏前進得非常緩慢。他傾全力於右側，讓木筏側著前進，直到可以在黑暗中勉強分辨出月光下的湖岸線。接著，他再度划槳直行，彎著腰，左邊兩下，右邊兩下，節奏規律地前進。

雖然木筏平穩地順流而下，但因為木頭吃水過深，且非流線型，所以划槳前進，簡直舉步維艱。

「就像拿著樹枝在划似的，」他對德瑞克說：「好像都沒在動。」

真的慢如牛步，一個小時前進不到一哩。他想在黑暗中看一下地圖。他記不得有這個湖，或許只是稍寬的水道。但不管它是什麼，如果有兩哩長的話，至少得花兩個鐘頭才能橫越。

左兩下，右兩下。

他奮力向前划，腦袋隨著搖槳的節奏，再次陷入麻木之中。

不久，他就進入了昏昏欲睡的狀態。

這一次他保持清醒，但幻覺愈形強烈。

木筏變成了一艘獨木舟，每划一次，就往前飛馳，直到他在一片火海中醒來。火舌在木筏前方張牙舞爪，他擔心木筏／獨木舟會著火燃燒。但水上怎麼會有火呢？

他甩了甩頭，又看到媽媽在木筏的另一端；有時候換成是爸爸，微笑著鼓勵他划快一點，快一點。德瑞克的呼吸聲愈來愈大，直到那嘈雜的呼吸聲充塞他整個腦袋，整個湖面，整個世界；布萊恩同時也聽見了砰砰打在木筏上，迴盪開來的德瑞克心跳。布萊恩耳中全是德瑞克尖銳嘈雜的呼吸聲，以及怦然作響的心跳。

他甩了甩頭，木筏在昏暈的月光中顛簸前行。德瑞克躺在身旁，布萊恩向前彎腰，左兩下，右兩下，船槳在水裡激起漩

渦。划了三、四回後，他又昏睡過去。

突然間，好像有東西游到木筏邊——可能是麝鼠、水獺或河狸——當牠從布萊恩身邊游過時，將水面切開呈一個V字型。剎那間，布萊恩認為那是怪獸的頭，是隻潛伏在水裡的怪獸，擺動著白牙森然的腦袋，前後迴游，準備要攻擊，要掃翻木筏，用巨大的牙齒攫獲落水的他。於是他把槳放在一旁，抓起魚叉，要刺殺這隻怪獸，在牠吃掉自己之前先將牠攆走。布萊恩甩甩頭，幻覺消散了，小動物在戲水，怪獸消失無蹤，又只剩下他和德瑞克兩人。他拾起船槳，繼續划……

近黎明時分，邪惡的念頭又湧了上來。不知道是怎麼開始的，他永遠也不會知道是怎麼開始的。再過一會兒，他也不想記得自己曾經這麼想過。

兩晚沒睡讓布萊恩筋疲力竭，而當他試著讓木筏沿著湖岸，再次滑向河水流動的地方，可是木筏好像被拴住了。就在這時候，就在他努力讓木筏保持前進，對抗睡意的時候，那些狂亂、病態的念頭跑出來了。

因為太重了，所以木筏前進緩慢。造成木筏沉重、吃水太深，以致於無法前進的原因，就是綁在中間的這個人累贅的重量。如果這個人不見了，如果這個人不在，木筏就輕多了，他就可以快速前進，一切就順利多了。

要是德瑞克不在就好了，又有什麼差別呢？他蠢到站起身來被閃電擊中，他早就該消失了。

布萊恩低頭看著這個不動的身軀，想了又想，想了又想……這些念頭太可怕了，他無法相信自己竟然會這樣想，但這些念頭的確存在。

如果德瑞克不在的話。

消失吧！

如果沒有德瑞克的話，這一切就都不會發生了，完全不會；

如果德瑞克消失，消失在水裡某處，愈沉愈深……

「不！」布萊恩幾乎尖叫出聲，而這聲音讓他猛然驚醒，也

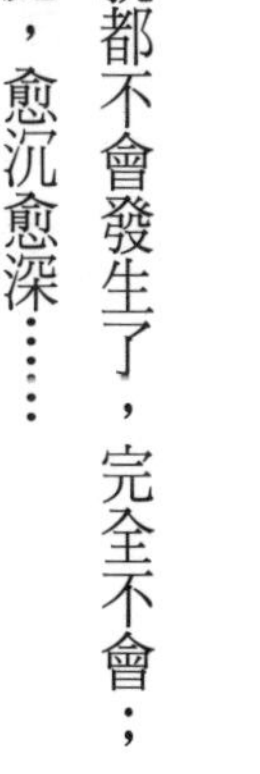

清醒了。他摸摸德瑞克的腿，確定他還在，確定自己沒有趁夜裡切斷繩子鬆綁，確定他一直會在那兒，確定自己永遠不會再有這個念頭。片刻也不行。

「走完全程，」布萊恩咕噥著，再度伸手拿起船槳，「我們要一起走完全程。」

他又划了半個小時，奮力對抗睡意，同時，也感覺到一陣寒意。他知道，天將破曉了。他看到了東邊的天空開始泛白。

他停下槳，看著天空，為黎明來得如此之快感到驚奇。前一刻還漆黑一片，看不見木筏上的德瑞克；下一刻，河岸即清晰可見，晨曦灰濛的光線中，樹林也現了身。

他們繼續前進。

即使布萊恩沒有搖槳，河岸仍移動著。他辦到了，他穿行湖泊，回到河道上，進入了水流之中。

「謝謝你。」他低語著，也意識到這似乎是另一種形式的禱告。他深深感激的不只是河水、水流、前行，對其他事，同樣滿懷謝意。

和德瑞克一起熬過這個夜晚……感激自己熬過去了。

「謝謝你。」

19 轉了彎的旅程

燦亮的天光映現，布萊恩拿出地圖，攤在公事包上。

他很確定，地圖上並未標出他所橫越的那條湖。地圖上散布許多大大小小的湖，但他並沒有快速前進到可以抵達其中任何一個，而這表示這張圖並不精確。

他猜想這湖所在的位置，應該是地圖上標示夾岸狹窄的規則河道。如果這張地圖中有一項不精確，那麼就有可能全部都有問題。

例如到交易站的距離。如果這張地圖是好些年前繪製，而且沒有更新過的話，這條河說不定早已改道，或許再也沒有流經交易站了。

甚至，交易站都未必在那兒。

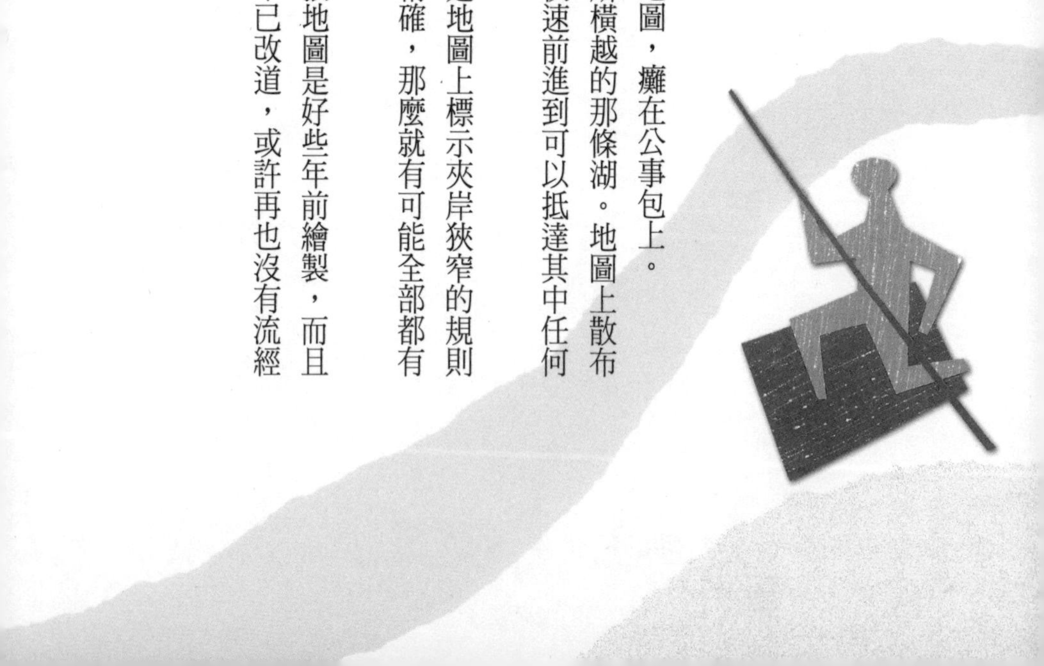

這個念頭讓他一愣，這才發現，相信這張地圖而離開湖邊是多麼愚蠢。這麼多變數，這麼多可能出錯的環節。

他再次研究這張地圖，也稍微放心了些。這張圖這麼……這麼明確，所以基本上應該是正確的，至少相去不遠。可能有所變化，但不致於全然變動。這條河也許上漲了些，夜裡穿過的那條湖或許是一塊低地，只在河面高漲時滿溢成湖，而不是會明確標示在地圖上的常態性湖泊。

是呀！這符合邏輯，沒有問題。他必須要做的，就是測試一下這張地圖，想辦法證明它沒什麼錯誤。

他手指沿著圖上的河流，順流而下，追蹤藍色線條切穿綠色色塊的河流行徑，循線找到他認為自己目前所在之處。

就是這裡。

如果地圖正確的話，他的猜測就沒錯，他應該就在手指停下的地方。這個位置標示了綿長的筆直河道，等高線分散廣布，表示是一大片低窪或平坦區域，那兒一定有湖。

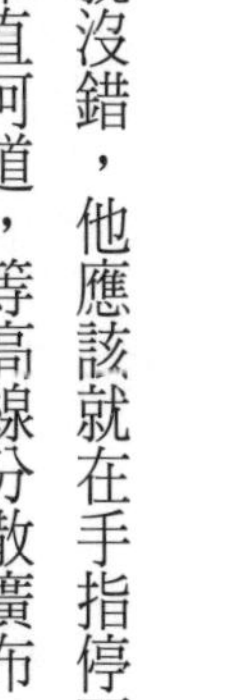

更棒的是，距離不遠處——不超過兩哩的地方，等高線愈聚愈密，而且，就在一處S形彎道之後，有兩個小丘，一左一右夾在河道兩邊。

木筏現在平穩地向前進，晨光驅散了夜裡的部分倦意和疼痛。他把地圖放回公事包，並察看了一下德瑞克。他的臉在夜裡被蚊子叮得坑坑疤疤，眼皮浮腫。

布萊恩將自己的T恤沾些冷水擦拭德瑞克的臉，再在河裡將衣服清洗了一下，然後用清涼、乾淨的水，濕潤德瑞克的嘴。

他不確定到底是真的還是錯覺，德瑞克看起來瘦了許多。他很想知道，變瘦是否就是脫水的徵兆之一。

他再將T恤沾濕後，放在德瑞克頭上。布萊恩心想，讓德瑞克保持涼爽濕潤，或許會好一些。如果我能幫他擋擋太陽……

如果木筏有個棚蓋就好了。他划向岸邊，讓木筏卡進柳樹和草皮間。他花了半個鐘頭，用綠柳和小簇小簇的草葉，在德瑞克身上架設了一個粗糙的涼棚。涼棚雖然無法遮蓋住他全身，但能讓他大部分置於陰影下。涼棚一完工，布萊恩就把木筏推回水流當中，繼續上路。

他看看小丘。飢餓隨早晨到來，他開始想念食物了。穀片加牛奶、吐司、培根、煎蛋，早餐的香味似乎縈繞著木筏。

他開始心煩意亂，飢餓是個老友兼宿敵。他強迫自己不去想食物，而是想想該做些什麼，計畫今天的每一件事。

找個固定標的，計算航速，繼續前進——一步一步前進。

時間。

時間很詭異，它毫無意義，卻又代表一切。就像食物一樣，缺乏的時候渴望，充盈的時候又不在意。

他伸了個懶腰，嘆口氣，「你知道嗎？如果我們在獨木舟上，有一份午餐，而冰箱裡又裝滿了汽水，我們一定會覺得這裡就是人間仙境。」

這裡的確是人間仙境啊，布萊恩心想，真的很美。松樹、雲杉、柏木，這些高聳入雲的樹林讓河道看起來變窄了。

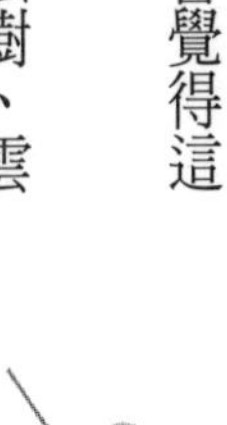

河岸有多處被流水沖刷消蝕，所以生長在這些地方的樹木已經斜伸出河面，他們差一點兒就要撞上了。整條河流彷彿柔和、蔥綠的隧道。

這條河的水性開始轉變了，而且是在自然而然的流動中驟然發生，所以布萊恩一時之間並未注意到。樹木愈靠愈近，灌木叢也愈加茂密，而河岸則愈升愈高。

原本覆滿草皮的地方漸漸被水流沖走，河岸愈來愈陡，而且切成兩段，露出了泥沙。樹林茂密而高聳，以致於即將靠近時，布萊恩無法瞧見地圖上標示的小丘。他什麼都看不到，只有滿眼的綠意。

他停下來擦拭德瑞克的臉好幾次。木筏持續前進，而當他的休息時間結束之際，他們正要進入下一個彎道。

布萊恩穿回濕漉漉的T恤，拾起船槳開始划；轉動木筏的尾端，讓木筏維持在水流中央。

開始炎熱起來了，他會被晒乾，但他覺得無所謂。他的手被粗糙的木頭船槳磨得紅腫，他也覺得無所謂。
現在，最重要的是不斷前進。

20 天外之聲

地圖上的那個小丘，比他預期的更早出現。

就是那個沒錯，他很肯定。地勢向前陡峭隆起，渾圓而高聳，兩側滿覆著林木。

不過近午時分，太陽已快把他烤乾了。他伸手進涼棚，用沾濕的T恤讓德瑞克保持涼爽。

「我們正在前進，」他滿是疲憊的聲音，心虛地說出，「我們正一路前進……」

但說出這些話時，他確信這是真的。木筏加速前行，光用看的，就知道速度似乎加快了。

「我們被拖進去了……」他才開口，又被推開。他明白了。

地圖上等高線密集，代表小丘間的河岸陡峭。

如果這裡有小丘和陡峭的河岸，河水或許會有些落差。

他把手伸進公事包，想要再看一眼地圖，但手才伸出一半便停住了。

有聲音。

有聲音，但一開始他不知聲音來自何處。聲音輕柔地融合在一片鳥囀聲中，他幾乎沒聽到。

但聲音又出現了。嘶嘶聲？是這樣嗎？

不是。

是更低沉的聲音。聽不到，但可以感覺得到。

嘩啦啦，是水聲。

水聲。

是水流奔馳直落的轟隆聲。

落下的水。

是瀑布。

他們正朝向一座瀑布！

21 墜落在世界另一端

沒有時間了。河道稍稍縮窄，落差更大，流速也急遽加快。他們僵止在河中央。布萊恩知道，他必須上岸，必須停止前進，但已經來不及了。

木筏左搖右晃地向前衝，比他走路的速度快上兩倍。聲音更大了。

如果想要靠岸，他就必須將木筏側轉掉頭才行。他沒有把握如何走過瀑布——如果真有可能的話——但是，他很確定不要讓木筏側著前進。以木筏的長邊通過瀑布，比較不容易翻覆；側著木筏很容易就會傾覆。

轟隆的水聲已清晰可聞，沒多久，他們迴旋過一個彎道，布萊恩看到了。

「天哪……」他低聲說道。

那不是瀑布，如果是瀑布還好一點。

河水流經兩塊巨石峭壁間，也就是布萊恩在地圖上看到的兩座小丘所形成的岩壁。

峭壁使河道變窄，變深，同時也引導河流穿過分立兩側的大石塊，從岩壁間奔騰直下。

河水激盪、怒吼著尋找出路；駭人的急流拍打岩石，掀起一片白色的滔滔巨浪。

木筏正對著急流中央。

之後，一切發生得太快了，猝不及防。

木筏好像活了起來，變成一頭狂野、瘋狂的野獸。

木筏前端順著河流，搖晃擺盪著掉進水裡，緊追著洶湧的河水奔騰而去。

布萊恩只來得及低頭看看德瑞克，看他仍安然綁在木筏上，然後他們就捲進了急流之中。

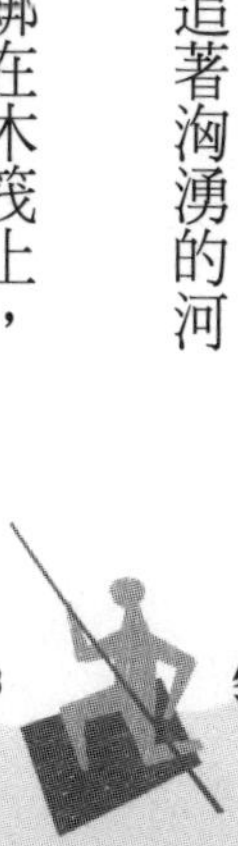

木筏躍出水面，往旁邊猛地一甩。布萊恩努力掌舵，用船槳左右調動木筏，試著避開岩塊，但沒有用。

河水掌控了木筏，掌控了德瑞克，也掌控了他。在河水狂嘯怒吼中，他失去控制了。

他們在飛，木筏從浪頭躍出水面，又猛地摔回水裡，力道之強讓布萊恩的牙齒咯咯作響。

急流中央有一塊通體灰白，被水花打濕的碩大石頭；木筏直接對準了它的正中央。

他驚叫出聲——聲音淹沒在狂濤巨浪之中——然後飛身掩護德瑞克。木筏稍稍向左旋轉，撞上了岩塊。

一時之間，布萊恩以為他們成功了。

德瑞克的身體在他身下傾側歪斜，隨後又回復原位。木筏遭受撞擊，雖然扭曲變形，但仍連結在一起。布萊恩腦海浮現一個清晰的念頭：我們成功了。

然後就撞上了。河中央那塊巨石旁邊，有一個潛藏在滔滔水流中，斜向左側峭壁的水底暗礁。

木筏前端撞上了礁岩之後，又被湍急的浪濤騰空撐起，然後筆直下墜。

木筏前傾，後端切進水裡，撞上了藏伏水中的突出岩塊。

「嗚哇！」

布萊恩聽見撞擊的聲音，感覺那股衝擊和聲響貫穿全身。他死命抓緊，試圖拉住德瑞克身下的木頭，但是沒有用。

木筏尾端被岩塊頂開，將他整個人向上拋出，從木筏上騰空甩出去。

他在空中停留了一剎那，向下看著木筏，看著德瑞克，然後直墜而下，猛然落進翻湧的水流中。

一片瘋狂——綠色氣泡、嘩啦啦的洶湧水流。

他浮上水面片刻，看見木筏載著德瑞克直奔下游。隨後，他又被淹沒，被激流壓進水裡，翻騰著撞上河底岩石。他滿腦子只想著，必須活下去，必須浮出水面、吸口氣，回到木筏上。

但是，壓在身上的浪濤重若千斤，彷彿整個世界都壓在他身上，他無法動彈。

他掙扎著攀上岩石，讓臉伸出水面，隨即又被壓迫向下，猛力壓到河底。

側邊。

他必須靠到側邊。他一邊承受連環重擊，一邊在激流中讓自己緩慢而勉強地走向旁側。

水流變得更強了。他無法浮出水面呼吸空氣，所以他的肺快要炸開了，即使仍在水中，整個肺仍催迫著他要快點呼吸。他用意志力克制、壓抑，但情況愈來愈糟。就在他知道一切即將結束，在他任河水湧進體內，行將死去之際，他到了一塊巨岩旁，擺脫了激流外緣。

水流咆哮過岩石，將他像破片般帶走，捲進奔流的河水。

他把頭抬出水面，狠狠吸了一口氣，張開眼睛，甩掉眼裡的水，就在這一瞬間，木筏已經消失不見。緊接著，他又被壓回

水裡，往下推到河底，在綠色狂濤中撞上巨岩，一次又一次，
直到他腦袋裡只剩下對呼吸、對生存的迫切渴望。

之後，他的頭猛烈撞上某種東西，什麼也無法思考了。

22 少了一個人

明亮的光線照進布萊恩又紅又刺痛的雙眼，當他睜開眼，發現自己仰躺著，直視著太陽。

「咳！」他翻過身、嘔吐，還差點兒被水嗆到。

他躺在激流下游的淺灘上，被岸邊的一個小凹洞卡住。水深大概六、七呎，河底布滿碎石。他的感官漸漸恢復，察覺自己並無大礙；有些小擦傷，但沒有骨折；吞進了一些水，不過顯然都咳出來了。

他平安沒事。

德瑞克。

這個字眼從腦海閃過。不知怎的，他居然忘了……

他站起身——腳有點跛，但還站得住——往下游看去。

河流綿延半哩後，落差變得較為平穩和緩，蜿蜒在樹木和濃密的灌木叢間，彷彿綠色背景中的一道藍色線條。鳥兒飛過河面，鴨子戲水……

木筏不見了。

一身濕答答的布萊恩，轉過身，往上游的激流看去。

從下游看過去，似乎沒那麼可怕；湍急的浪濤顯得小了些，甚至連岩塊看起來也沒那麼巨大了。水流聲依舊，但也沉默了起來。

木筏不見了。

德瑞克不見了。

「德瑞克！」

明知道白費力氣，他仍大聲叫喊。

他再往下游看去。木筏不可能停在激流中，一定被沖了下來，漂蕩在水流中。

他曾看到些什麼？他皺起眉，努力回想發生的事。

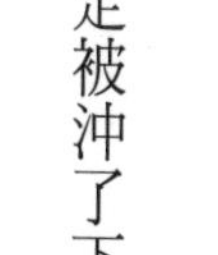

喔，對了，是浪。水面下一塊大石頭，還有浪濤；他看到了大浪捲走木筏，往下游流去了。他想，木筏應該沒有翻覆，隱約還記得當時木筏正面朝上。

可是，德瑞克呢？他還在木筏上嗎？布萊恩想不起細節，但德瑞克好像還在木筏上——真是一團混亂。激流中的翻騰似乎把他的腦袋搖昏了。

他努力對抗驚慌失措的情緒。

事情就是如此。如果木筏翻了，或者德瑞克從木筏上掉下來，那麼……那麼，也就只能這樣了。

如果不是的話，德瑞克或許仍安然無恙。

「我必須想像他還活著。」

如果德瑞克還在木筏上，還活著的話，他應該會在下游。

布萊恩必須趕上他，趕上那艘木筏。

他開始沿著河岸前進，前五十碼左右還順利。這段河底是被激流濺出的碎石地。走到了碎石地盡頭。

河水快速迴流到較平坦的沼澤、湖泊區域，最明顯的變化是，河底變成了泥地。

布萊恩試著跑上岸，但灌木叢濃密糾結，彷彿熱帶叢林般；野草、柳樹和茂密的藤蔓抓扯住他，不讓他前進。

他回到河畔，泥巴又擋住他的去路。他試著走動，身體重量才落下，雙腳就不斷陷進去，深達兩、三呎。厚重的泥巴把他右腳的網球鞋都扯掉了，當他伸手找鞋時，泥巴裹住他的手臂，彷彿拉扯著要把他拖下去。

他掉了一隻鞋。爬上岸，知道要追上木筏，只有一個法子。

「我必須用游的。」

但要游多遠呢？

這不重要，他想，德瑞克就在前方某處，必須追上他。

他甩了甩頭，脫下剩餘的那隻鞋，把它留在岸邊。

褲子不是很重，所以他穿著褲子下水；推離岸邊，直到離岸夠遠，可以開始稍微浮起。

他踢掉身上的泥巴，開始游泳。划不到三下，他就知道自己多累——全身虛弱無力，還伴隨先前激流衝擊所造成的疼痛。

但是，他不能停。他沿著河邊前進，邊游邊用腳踢開泥巴。

就在下游。

他必須追上木筏。

23 當他成了那條河

那個下午，他變成了另一個人。

克服起步時的劇痛，肌肉也稍微放鬆後，他開始游動，也試著去思考。

如果沒被絆住的話，木筏會隨水流前進。

布萊恩也可以隨著水流前進，再加上游泳的速度，他應該可以迅速趕上木筏。

但繞過第一個彎道時，他並沒有看見木筏。在距離下一個彎道的兩百碼間，一路淨空，也沒有看到木筏。他不得不擔心了起來。

他停靠在岸邊，盡可能在泥巴上站高。

到下一個彎道近四百碼距離，還是不見木筏。

他身上的每一處肌肉都在灼燒。他鑽回水中，再次開始游泳，划水動作深遠而平衡，一路踢踏泥土，推動自己向前。

一個彎道，又一個彎道，一次次抵達，布萊恩的眼睛一次次搜索著相同的形體：以草蓋頂的木筏。

什麼也沒有。

德瑞克彷彿被河流吞噬了。一共拐了六個彎岸，仍然未見木筏。那艘蠢木筏，先前試著操槳時，它卡在每一個彎道上，現在倒不知怎麼回事，硬是留在河中央。除了兩岸滿滿的綠意，什麼也沒有，已經過了岩丘，樹木愈形高聳，直到幾乎覆蔽了河流上方。整片綠意迫近，在他順著河水游動時掩蓋住他。他想要大叫，但只是拉動向前，一直往前，左手划完換右手，直到與河水融為一體，直到他的皮膚就是河水，而河水就是他，直到他成為這條河的時候，他追上了木筏。

他差點就從旁邊游過去了。

布萊恩往一些柳樹靠近，臉埋在水裡，伸出左手。抬起頭的時候，他正看著那艘木筏。

木筏不知如何越過所有了彎道，想來是在這裡碰上輕微的逆流。木筏移動到一個淺灘外，在上懸的柳條及矮樹下來來回回地滑動。

眼前所見只有木筏的後端，還有德瑞克的鞋底。

「德瑞克！」

布萊恩的手幾乎拂過木筏，若不是抬頭瞧見木筏所在的地方，就錯過了。

他抓住木筏，把自己拉到木筏邊。

雖然身體移動過，扭到木筏一側，但德瑞克仍穩穩地躺著。

「德瑞克。」他又說了一遍，更加輕柔。

德瑞克仍側著頭，眼睛半開半闔。然而，假使他在激流中被沖壓到水底，就算只是一會兒，也可能為時已晚。

「德瑞克。」

他看來已經完了，走了，死了。

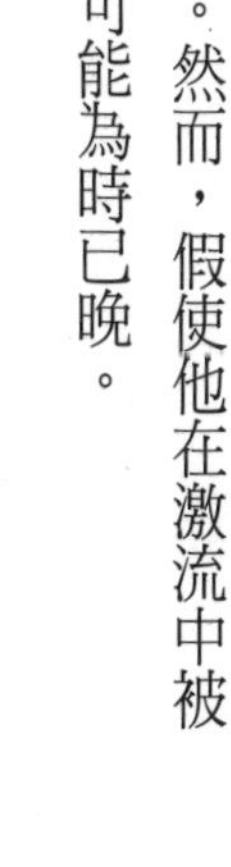

布萊恩探探他的手腕，感覺不出脈搏跳動。他看著德瑞克的臉頰，似乎沒有動靜。他俯下身，耳朵貼著德瑞克的嘴巴，屏住呼吸。

有了。

在他耳邊，輕輕的，有呼吸的觸感。一次，又是一次，夾雜一點水泡。

「德瑞克。」他活著，他還活著。

布萊恩好像同時釋放了一切。他的身體、他的意志、他的靈魂，全部筋疲力竭。他倒在德瑞克身上，不知睡著了，還是失去意識，雙腳仍泡在水裡。

「德瑞克。」

24 河流的盡頭

突然間，他正在操槳。

他睜開雙眼，跪在德瑞克後面，身體前傾，手握船槳。他完全弄不清楚自己怎麼會在這裡。

他手上有一個用分岔的樹枝草草刻成的新船槳，德瑞克的一條褲管被繞在分岔上，充當槳面。布萊恩划著木筏，陽光灑在身上，這一切，每一件事，對他來說，全都煥然一新。

世界從此不同。

「我一定睡著了，然後又在夢中做著這些事……」

公事包丟了，被激流沖走，地圖也隨之東流。這不重要了。

河岸盡是一片碧綠，河水往前流向下一個彎口，樹木掩覆在河的上方。什麼也看不到，除了狹長的天空，一路向前的水

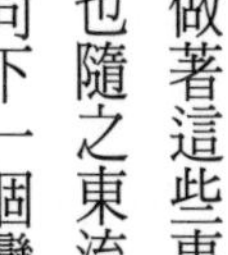

流，還有連綿不絕的綠意。

沒什麼好跟地圖對照的。

反正他也無法再多想了。他不知道他們走了多遠，不知道他們上路了多少小時、多少天，不知道還有多遠才會到交易站。現在，他只會划行，只會划著槳。

他全然一無所知，除了木筏、船槳和他的手。他的手現在不再流血，但在粗糙的槳把摩擦下，一碰就痛。他一無所知，只知道那股渴望，麻木而絕對的渴望，要追上德瑞克，在某個地方……在某個地方……就在下游的某個地方……

食物，飢餓，家，距離，睡眠，身上的劇痛。這一切都不再重要了。

只要能到就好。

彎下腰，向前傾，用手臂往後拉，左邊兩下，右邊兩下。

左邊一、二。

右邊一、二。

一、二。

一、二。

他划動木筏，盡日窮夜，沒了思緒，連那些幻覺都沒找上門。除了木筏的前方，德瑞克，還有河流，什麼也沒有。

河流。

約莫隔天早上的某個時候吧，管它哪一天，一千天、一萬天，他都分不清了。就在那個早上，河幅加寬，往左側轉了個大彎，約有半哩寬。他看見了，或者他認為看見了一座屋頂，樹木間一條看來不自然的直線。然後，他聽見了，狗吠聲，不是狼或土狼，而是狗。

有一個小船塢。

有人養了些狗，狗在吠，還有船塢。他繼續往前划，仍然沒法思考或做其他事，只是划著槳。他往河的邊岸拉，直到木筏輕輕靠上船塢，彈動了一下，然後船槳掉落。

他做到了。

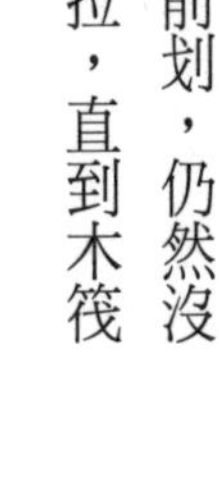

岸上有隻棕白毛相間的小狗，在上面對他吠叫。每吠一聲，牠的尾巴便隨著搖動，背上的毛豎起。布萊恩正看著牠時，一張小男孩的圓臉出現在狗兒旁邊。

「幫幫忙。救救我。」布萊恩以為自己說出了這句話，卻沒聽見聲音。男孩的臉龐消失，不一會兒，又出現兩個人，一男一女。他們奔下船塢，低頭看著布萊恩。布萊恩仰頭哀求，滿目瘡痍的手垂在兩旁，浸入水中，浸在河流裡。

河流。

「德瑞克……」

好幾隻手抓住他，把他拉到船塢上。男人跳進水中，為德瑞克鬆綁，也把他拉上船塢。

手。

強而有力的手，拯救。

一切都結束了。

後記

布萊恩、德瑞克和那艘木筏，順著平均流速兩哩的河流航行了一百一十九哩，僅僅花費了六十三個小時。

布萊恩出發時，木筏重約兩百磅，但一路泡在水裡，抵達交易站，已將近兩倍重。所謂的交易站，其實不過是河邊的一個小屋，設陷阱捕獵的人可以將獵獲的皮草帶到那裡。交易站的所有人兼管理者是一對夫婦，還有他們的小男孩，他們有一台完好的無線電，可供求援。

德瑞克是輕度昏迷，事實上，即使布萊恩沒有走完這一程，他也可能平安無事，雖然會因脫水而飽嘗苦痛。又過了一星期，德瑞克逐漸脫離昏迷狀態，六個月後完全康復。

這段航程，布萊恩減輕了五、六公斤，絕大部分是水分，雖

然他不斷飲用河水，身體仍失去大量水分。他的手被水中細菌感染，雖然很快就痊癒，但變得異常粗糙；奇怪的是，這次順流而下的航程，並沒有對他的手造成任何嚴重後遺症。或許之前「那段日子」，把他鍛鍊為金剛不壞之身了。

他的父母發誓，永遠不再讓他到森林裡去了；但過了些時日，布萊恩說「所有人本來都適於荒野生活」之後，他們的態度軟化。布萊恩肯定就是適合在荒野生活的人之一。

意外發生七個月後的某一天，布萊恩獨自坐在家中，正想著晚餐煮什麼時，門鈴響了。他打開門，看到一台大貨車停在屋前的街道上。

「布萊恩．羅伯森？」駕駛問道。

布萊恩點點頭。

「有給你的貨物。」

駕駛走到貨車後面，打開後車廂，拿出一艘十六呎長、克維拉材質的獨木舟，船槳繫在划手座上。這是一艘漂亮的獨木舟，輕巧又優美，微微彎曲的線條讓它看來很好操控。

舟腹兩側以金字寫著：

木筏

「這是德瑞克·侯澤寄送的，」駕駛邊說邊把獨木舟放到草坪上，「裡面有張字條。」

駕駛登上貨車，揚長而去。布萊恩找到那張字條。

「下一回，」他大聲念出來：「就不會這麼難划了。謝謝。」

手斧男孩 冒險全紀錄（十萬冊紀念版）

★誠品書店年度TOP100青少年類第一名！
★博客來網路書店年度百大！
★美國最受年輕讀者歡迎的作家之一蓋瑞・伯森最膾炙人口的系列作品！
★騙倒《國家地理雜誌》的13歲男孩求生傳奇！
★美國紐伯瑞文學大獎（Newberry Honor Books）肯定！
★暢銷全球2,000,000冊！

手斧男孩 首部曲

★博客來網路書店親子共享類暢銷排行第二名

吃漢堡長大的13歲紐約少年布萊恩，因飛機失事，墜落在杳無人煙的森林中。他幸運逃過一死，卻必須獨自面對絕望、恐懼、大黑熊、不知名的野獸，沒有食物、沒有手機和無線電，身上唯一的工具，只有一把小斧頭，布萊恩如何面對前所未有，且關乎存亡的挑戰？

手斧男孩❷領帶河

這一次，布萊恩不再是孤獨一人，政府派來的心理學者德瑞克將陪他進行觀察並紀錄下一切。可是，一場暴風雨中，德瑞克被閃電擊中，昏迷不醒，無線發報機也失靈！布萊恩必須帶著命在旦夕的德瑞克到百哩外求救。布萊恩唯一的機會是一艘木筏和一張地圖，順著河流，一場與時間相搏的河上求生，慌張開跑……

手斧男孩❸另一種結局

蓋瑞．伯森改變了布萊恩在《手斧男孩》中終於獲救的結局，並隨著嚴冬來到，他讓布萊恩面對更嚴峻的挑戰。置身大雪冰封的森林之中，孤獨一人的布萊恩如何面對致命的嚴冬？如何讓自己生存下去？

手斧男孩❹鹿精靈

經過大自然的重重試煉後，布萊恩回到現代化城市，卻感到比在荒野之中更孤立無援。唯一的解決之道就是，必須重回荒野大地，只有回到曠野之中，布萊恩才能找回自己真正的生命道路。

手斧男孩❺獵殺布萊恩

勇敢面對重重考驗之後的布萊恩，對於大自然的愛遠甚於所謂文明世界。一天，當他紮營在森林中一處湖畔時，意外發現了一隻受傷的小狗。當布萊恩悉心照料這隻小狗時，也想起了住在營地北方的克里族友人。直覺與不安告訴布萊恩，必須盡速趕往北方。北方森林裡肯定出事了，帶著忠心的新夥伴，布萊恩展開了一場救援朋友的狩獵行動。

手斧男孩❻英語求生100天：手斧男孩中英名句選

讀《手斧男孩》不只可以學到野外求生技巧，也不只是看到布萊恩面對挑戰時的勇氣與機智。讀《手斧男孩》還可以學英文！作者蓋瑞．伯森善流暢簡練的英文，是學習英文的極佳範本，跟隨《手斧男孩》精采的情節前進，也讓你的英文向前衝！

杜瑞爾的 希臘狂想曲（十萬冊紀念版）

★博客來暢銷榜
★好書大家讀年度最佳少年兒童讀物獎
★吳大猷科普著作獎
★英國高中畢業檢定考指定讀本

在愛與陽光的薰陶下，寫成的經典頑童散文！

本系列是「保育老頑童」杜瑞爾的經典代表作，描寫全家人逃離英國的沉鬱天氣，移居到陽光的國度 —— 希臘科孚島，在這座無猜的小島上生活五年的點點滴滴。他以古靈精怪的幽默感、孩童的敏銳觀察力和想像力，描述他溫馨卻又爆笑的親人、有趣的朋友、科孚島民，並開啟他一生熱愛動物的珍貴歲月。

1 追逐陽光之島
2 酒醉的橄欖樹林
3 桃金孃森林寶藏
4 貓頭鷹爵士樂團
5 眾神的花園

傑洛德．杜瑞爾／
全套五冊

推薦 小野名作家、李雅卿種籽實驗小學創辦人、現任自主學習促進會理事長、張子樟國立台北教育大學教授、楊茂秀毛毛蟲兒童哲學基金會創辦人、台東大學教授、劉克襄知名作家、自然觀察者

故事盒子 2

手斧男孩 2 領帶河（十萬冊紀念版）

作　　者　蓋瑞．伯森 Gary Paulsen
譯　　者　奉君山

總 編 輯　張瑩瑩
副總編輯　蔡麗真
責任編輯　李依蒨
校　　對　袁若喬
美術設計　洪素貞 (suzan1009@gmail.com)
封面設計　李東記
行銷企畫　林麗紅

社　　長　郭重興
發行人兼出版總監　曾大福
出　　版　野人文化股份有限公司
發　　行　遠足文化事業股份有限公司
地址：231 新北市新店區民權路 108-2 號 9 樓
電話：（02）2218-1417　傳真：（02）8667-1065
電子信箱：service@bookrep.com.tw
網址：www.bookrep.com.tw
郵撥帳號：19504465 遠足文化事業股份有限公司
客服專線：0800-221-029
法律顧問　華洋法律事務所 蘇文生律師
印　　製　成陽印刷股份有限公司
初　　版　2005 年 8 月
二　　版　2012 年 6 月
二版15刷　2017 年 7 月

歡迎團體訂購，另有優惠，請洽業務部（02）22181417 分機 1124、1126

國家圖書館出版品預行編目 (CIP) 資料

手斧男孩 . 2, 領帶河 / 蓋瑞 . 伯森 (Gary Paulsen) 著 ; 奉君山譯 . -- 二版 . -- 新北市 : 野人文化出版 : 遠足文化發行 , 2012.06

面；　公分 . -- (故事盒子 ; 2)

譯自 : The river

ISBN 978-986-5947-04-0(平裝)

874.59　　　101008049

THE RIVER by GARY PAULSEN

野人文化
讀者回函卡

姓　名　　　　　　　　　　　　□女 □男　　年齡

地　址

電　話 公　　　　　　　宅　　　　　　　手機

Email

學　歷 □國中(含以下) □高中職　□大專　□研究所以上
職　業 □生產/製造　□金融/商業　□傳播/廣告　□軍警/公務員
□教育/文化　□旅遊/運輸　□醫療/保健　□仲介/服務
□學生　□自由/家管　□其他

◆你從何處知道此書？
□書店　□書訊　□書評　□報紙　□廣播　□電視　□網路
□廣告 DM　□親友介紹　□其他

◆你以何種方式購買本書？
□誠品書店　□誠品網路書店　□金石堂書店　□金石堂網路書店
□博客來網路書店　□其他 ________

◆你的閱讀習慣：
□百科　□生態　□文學　□藝術　□社會科學　□地理地圖
□民俗采風　□休閒生活　□圖鑑　□歷史　□建築　□傳記
□自然科學　□戲劇舞蹈　□宗教哲學　□其他

◆你對本書的評價：（請填代號，1. 非常滿意　2. 滿意　3. 尚可　4. 待改進）
書名 ____ 封面設計 ____ 版面編排 ____ 印刷 ____ 內容 ____
整體評價 ____

◆你對本書的建議：

廣　告　回　函
板橋郵政管理局登記證
板 橋 廣 字 第 143 號

郵資已付　免貼郵票

23141
新北市新店區民權路108-2號9樓
野人文化股份有限公司 收

請沿線撕下對折寄回

野人

書名：手斧男孩 2 領帶河（十萬冊紀念版）

書號：0NSB4002